Chasing Rumi

愛の旅人

詩人ルーミーに魅せられて

ロジャー・フーズデン
サマーヴィル大屋幸子＝訳

地《ち》湧《ゆう》社

愛の旅人

本文中の〔　　〕は訳注です。

◆一九四八年◆

1

ジョルジョは走っています。軽やかな足どりで、フィレンツェのサンマルコ美術館へと続く、すりへった大理石の階段を二段ずつかけ上がっていきます。ジョルジョは十八歳、夏の揺るぎない日ざしが降り注ぐ午後のことでした。

階段のてっぺんで、ジョルジョは一瞬立ち止まりました。美術館独特のたたずまいに不意に心をとらわれたのです。

高い丸天井、黒ずんだ木の床から立ち上るつやだしのかすかなにおい、真鍮《しんちゅう》でできた階段の手すりのひんやりとした感触……。美術館はその昔、修道院でした。十五世紀ルネサンスの偉大な画家、フラ・アンジェリコはこの修道院の修道士で、彼の務めの一つは、各修道士の小部屋をフレスコ画で飾ることでした。

修道士寮の入り口をふと見やると、ほのかな輝きがジョルジョの目に入ってきます。開放されたアーチを通して、大きな石壁からフラ・アンジェリコの傑作「受胎告知」が彼を幻のように照らしています。たちまち、いつものあふれるような元気さが消え、ジョルジョは真面目な考え深い顔になりました。

天使ガブリエルがまとっている衣の流れるような優美さか、あるいは天使と聖母マリアが互いに身を傾け合う姿から伝わる崇敬の念が、ジョルジョの若々しい足どりを抑え、彼の注意を内に向けたのでしょう。

そうして少しのあいだ階段のてっぺんで立ち止まってから、ジョルジョは回廊をゆっくりと歩きはじめました。アーチ型の扉から漆喰《しっくい》の壁に囲まれた小部屋を二つ三つのぞきこむようにしながら、偉大な画家が修道士たちの黙想のために描きあげたフレスコ画を見てまわります。次の扉まで来たとき、ジョルジョは部屋のなかに足を踏み入れました。

すると、乾いた壁の表面にじかに描かれたフレスコ画が目に飛びこんできました。「山上の垂訓」の場面。弟子たちが静かにイエスをとり囲んでいます。イエスは弟子たちよりも少し高いところで、やわらかな黄色の光を放つ形のよい岩に座っています。キリストの右腕は高く上げられ、人差し指がまっすぐ天を指していました。

ジョルジョはその絵の前で、うっとりと我を忘れて立ちつくしていました。輝くばかりの色調、ラベンダー色や緑色の弟子たちの衣、驚くほどシンプルなタッチ……。しかし、何にもまして彼が心を奪われたのは、弟子たちの表情です。

それは、ジョルジョが今まで存在することさえ知らなかった歓喜で満たされていたのです。はっきりと目に見える愛の甘美さ。この世のものでありながら、同時にこの世のものではない愛……。

弟子たちの表情は、イエスその人への愛と、言葉にすることのできない何かへの愛を示しているようです。ジョルジョの両足は震え、背中が冷たくなってきました。

心にあったさまざまな思いはいつのまにか消えてなくなり、弟子たちの美しい表情から目を離すことができないまま、ジョルジョは深い静寂のなかに入っていきました。力が抜けたようになり、ゆっくりと床に沈みこんでいきます。

どれほどのあいだそこに座って、その傑作に見とれていたでしょうか。ようやく立ち上がったとき、世界を創造する愛で自分も満たされていたことを、ジョルジョは頭ではなく、もっと深いところで理解していました。

◆一九五八年◆

2

フィレンツェ——上等なワインの味のように、響きが舌にいつまでも残る名前。友達のアンドロスからその意味が「花の街」だと聞いたのは、つい昨夜のことです。朝のみずみずしい光のなか、ジョルジョはブルネレスキの傑作、「無垢児《むくご》の柱廊《コロネード》」をゆっくり散歩していました。街の巨大な大聖堂のドームを建てたあのブルネレスキが、今からおよそ六百年前に、捨て子保育院のこの正面部分《ファサード》を設計したのです。

ジョルジョは今まで何度もそうしているように、柱廊のアーチのあいだを見上げ、産着《うぶぎ》の乳呑み児の繊細な円形浮き彫りに目をやりました。それから立ち止まって、マーブル紙を売っている店の窓をのぞきこみました。新聞売りが朝刊の見出しを大声で叫び、主婦たちは柱廊のアーチの下で口よりも手をさかんに使って、果物や野菜の売り手と値段の交渉をしています。

背の高い若い女性が、ジョルジョの少し前を歩いています。彼女の長くてみごとな髪、歩くにまかせて揺れる花柄のドレスにうっとりと見とれていました。

きっと観光客だ、もうその季節なのか……。そんなことを思いながら広場を横切り、「カフェ・ベルゲリ」のテラスに座ってカプチーノを注文しました。カップを口に近づけて広場の方を見やると、花売りが順々に花をならべています。赤と白の微妙な濃淡が美しいシャクヤクやツバキ、色とりどりのユリやバラが、茎の長さに応じていくつかの花瓶に入れられてゆきます。

日ざしはすでにサンティッシマ・アンヌンツィアータ広場までのびていました。広場の真ん中には、フェルディナンド公爵の像が立っています。一瞬、そのいかめしい顔が金色に輝きました。

仕事に出かける娘たちが、長い黒髪を風になびかせ、カタコトと靴音を立ててジョルジョのテーブルのそばを通っていきます。広場中に特大サイズのブヨのような音を鳴り響かせながら、スクーターの「ランブレッタ」がバッティスティ通りの角を曲がっていきました。時は一九五八年。今日もまた例のごとく、世界中の人々がフィレンツェに押し寄せてくるでしょう。

ルース・オーキンはアメリカ人の有名な写真家ですが、フィレンツェの街角の息吹を伝える彼女の作品が発表されたのはつい最近のことです。

彼女のレンズは、口元にかすかなほほえみを浮かべ、前をきっと見据えながらとりすまして歩くひとりの娘を、カフェにたむろするイタリアの色男たちがいっせいに見やる瞬間をみごとにとらえていました。そこには、だれが指揮しているわけでもない、いのちの永遠の踊りが見て取れます。

イタリアはよみがえり、ふたたび活気をとり戻しつつありました。戦争の暗い恐怖は、すでに記憶のなかに消えようとしています。

3

ほかの多くの若者のように、ジョルジョもカフェのにぎわい、そこで交わされる気軽な冗談や冷やかしを楽しんでいましたが、いくぶん恥ずかしがり屋の彼は、女性がいっしょだと口数がとたんに少なくなるのでした。

同年代の友達はそうしたカフェに遅くまでたむろしていますが、ジョルジョは早めに引きあげ、教会や美術館に足を向けることがよくありました。そこでフィレンツェが生んだ偉大な芸術作品の数々を何時間も眺めて過ごすのです。

ただ一つ、彼が足を向けない場所がありました。サンマルコ美術館です。あれから何度かあの小部屋を訪れて、「山上の垂訓」のフレスコ画の前に立ったのですが、初めて見たとき血管のなかに流れこんできた美のイメージは二度と戻ってこなかったからです。

あの絵をこれ以上目にしなければ、ヴィジョンをなくしてしまったむなしさに耐えやすいだろうと考えて以来、数年が経っていました。

おそらく、絵を描くことにのめりこむのも、奔放な冒険への渇望に身をゆだねるのも、たとえ束の間であれ一度知った何かを喪失したことへの悲しみが、彼の魂をまるで砂粒のようにこすり取っていくからでしょう。

ジョルジョは腕のいいイコン画家でした。彼の父親、ステファノからその技をずっと教えこまれてきたのです。ステファノは、家族が少しでもいい暮らしができるようにと考え、戦争前にギリシャからイタリアへやって来ました。その旅の途中で妻を亡くし、芸術の仕事を続けようとフィレンツェに落ち着いてからは、息子を自分ひとりで育ててきました。

フィレンツェはステファノとその息子に優しい街でした。ギリシャ人のコミュニティーは小さく、イコンを必要とする人はけっして多くありません。しかし、古い絵画を修復する腕のいい職人を求める人はたくさんいたのです。

ステファノとジョルジョは、彼らの卓越した芸術性と腕のよさから、人々の尊敬を集めていました。二人は、多くのものを必要としませんでしたし、サンマルコ美術館に近い、丸石を敷き詰めた通りの小さなアパートでつつましく暮らしていました。「カフェ・ベルゲリ」もすぐそばです。

ジョルジョのように、美と芸術、思想を愛する者にとって、今暮らしているこの街よりいいところなどほとんどないでしょう。それでも、ときおり不思議なもの悲しさに襲われる、そんなことがここ何年か続いていました。フィレンツェの底抜けに明るい光はそんなとき、この若い画家にはかえって重苦しいものになりました。

気分がざわざわ落ち着かなくなると、ジョルジョはひたすら歩いたものです。行き先はというと、近くの広場でも、街を見下ろすフィエーゾレの丘でもありません。彼の渇きはそんなところでは癒せないほどはるかに大きく、激しかったのです。

二十八歳になるジョルジョは、これまでにもサラエボ、スコピエ、ポーランドのクラクフといった場所へ旅していました。いずれも地図帳から飛び出してきた名前です。エジプトのシナイ山の麓《ふもと》にある、ギリシャ正教の聖カタリナ修道院にも行きました。はるばるウクライナのキエフまで旅したこともあります。

ジョルジョは、ほかのどの本よりも地図帳がお気に入りです。いろいろな大陸を夢中で調べ、大河の流れに沿って砂漠を越え、北アフリカの地中海沿岸、あるいは山脈へと、指でたどっていくのが大好きでした。

「今度行くのはあそこだ」渇望が抑えきれなくなると、ジョルジョはそう言ったものです。同じように思ったとしても行動には移さない人がほとんどですが、ジョルジョは違いました。彼は本当に出かけてしまうのです。

血管を流れる野性を今解き放たなければ、フィレンツェのこの洗練された空気のなかで窒息してしまう。そう感じるほど渇きが強くなると、彼は父親に旅の計画を伝えます。

父のステファノは分別のある素朴な男でした。息子を自分と同じようにさせるのは彼の性分ではありません。息子を突き動かす強い衝動のことは理解できませんでしたが、ステファノはいつもジョルジョの幸運を祈りました。

探究心にあふれた息子は祝福されていると同時に呪われてもいると、彼にはわかっていたのです。わたしたちはなぜ生まれてくるのか、死んだらどうなるのかといった人生のさまざまな謎が、ジョルジョの若く才能ある心に毒蛇のように喰らいついているのでした。

「どうやら、わたしは哲学者の息子を授かったようだ」

半ば言い訳のように、ステファノは友人によく言ったものです。しかし、息子を自慢に思う気持ちがまったくないわけでもないようです。

「何がしてやれるだろう？　望みうるものはすべてそろっているというのに、あの子は何かを、言葉にすらできない何かを、ただひたすらに求めているのだからね。彼の母親もそうだった。何か一つのことで一つの場所にいるだけでは、けっして満足しないんだろうなぁ。あの子はいったいどうなるんだろう。わたしにはわからんよ」

そういうわけで、指が地図帳の上に広がる道をたどり、経路と土地の名前を心に刻みこんでから二、三週間経つ頃には、ジョルジョはもう未知の風景のなかに立っていました。

新しい大地のなかに、渦巻く疑問に対する答えが見つかることを願って……。

しかし、最後の旅から戻ってきて以来一年あまり、ジョルジョは旅というものについて、また自分自身の疑問についてさえも、今までとは違ったふうに感じるようになっていました。

胸のなかで燃えているこの炎は、きっと何をしようが静まりはしない。旅をしても、いろいろなことを経験しても、しばらくすれば残り火はまた燃えさかるだろう。それならいっそ、父さんの忠告に従ったほうがいい、名づけようもない何かを探してあちこち駆けずりまわるよりも、フィレンツェでの恵まれた暮らしに感謝したほうがいいんだ……。ジョルジョはそう思うようになりました。

そしてまさにそのようにして、一年と一日が過ぎたのです。

4

ジョルジョは、前の晩にアンドロスがくれた小さな詩集をとり出して、テーブルの上に置きました。テラスは、その日最初の見物客の一団とカプチーノを愛する人々でいっぱいです。

ジョルジョには同い年の友達もいるのですが、親友は、父親よりも少し若いアンドロスでした。アンドロスもギリシャ人。年齢にもかかわらず、もじゃもじゃのまとまりにくい黒い髪の毛をして、くつろいだ雰囲気のなかにも、強い存在感を感じさせます。彼だけは、旅に出たいというジョルジョの強い衝動を理解しているようでした。

アンドロスはよく笑い、サンマルコ広場のカフェに座って一日が過ぎてゆくのを眺めるのが好きでした。しかしそんな彼も、若い時分には疑問だらけの心を抱えて、ずいぶん旅をしたものです。人生について深く考え、長い時間をひとりで過ごしました。

ちょっとした哲学者であるアンドロスは、いつもダンテ、プラトン、エウリピデス、そのほかジョルジョが発音できないような名前の、大昔に生きていた人々が書いた本を読んでいました。

ジョルジョは前の晩、彼の家に立ち寄りました。アンドロスはこの年若い友人がいつになく無口なことに気づくと、茶色の大きな目をジョルジョのほうに向け、こう言いました。

「この春は、イコン画家にお呼びはないのかい？　それとも、暮らしの心配よりも心に重くのしかかっていることでもあるのかな？」

ジョルジョはアンドロスの優しさにほほえみました。今ではすっかりおなじみの彼独特のやり方。こんなふうに、ジョルジョの気持ちをいつもほぐしてくれるのです。

「何も不満はないいんだ、アンドロス」ジョルジョは話しはじめました。

「住んでいる場所は世界でもっとも美しい街の一つだし、自分の仕事も愛している。なじみ客も多いしね。冒険に出かけたいと思えば、父はいつでも祝福して送り出してくれたし、行きたいところへ行ってきた。

なのに、体のなかで酵母菌か何かがフツフツと発酵しているみたいに、いまだに何かを求めつづけているのは、どうしてなんだろう？　それも、自分でもはっきり名づけようのないものをだよ。どんなに人生がうまくいっているように見えても、何もこのすきまを埋めてくれそうには思えない。この足がだんだん重くなってきたよ。答を探すことにも疲れてきたし。今まで見当違いなところばかり探しつづけてきたような気がする。だから思ったんだ。このフィレンツェでの暮らしに満足することを学んだほうがいいってね。いや、それ以上かもしれない。僕が学ぶべきなのは、ありのままの自分に満足することなんじゃないかなぁ」

アンドロスは注意深く聴いていました。

「たぶん、そうなんだろう」

ちょっと間をおいて、彼は言いました。

「たぶん、そうかもしれない。確かに、ここフィレンツェでの君は恵まれているよ。でも、今の声からは、何かあきらめ以上のものが聞こえてくるな。自分が恵まれている点を数え上げて、この人生に感謝すべきだと無理に思いこもうとしているみたいだ。幸運であるにもかかわらず、つきまとって消えない欠落感のようなものは忘れたほうがいい、とね。

しかしなぁ、だれも本当の自分じゃないものに自分をはめこむことはできないんだよ、ジョルジョ。与えられているものに感謝しながら、同時に、自分の悲しみにも耳を傾けたらどうだろう。君を動かしている渇望は、苦しみのなかでも特別なものだ。その苦しみはそれ自体を癒すことができるんだ。ルーミーという詩人のことを聞いたことはないかい？」

ジョルジョが首を横に振ると、アンドロスは書棚から小さな詩集をとり出しました。

「ジャラールッディーン・ルーミーはトルコのコンヤに住んでいた。十三世紀のことだ。彼は、旋回するダルヴィーシュ〔修行者〕として知られ、今日も続いているイスラム教の神秘主義教団の創始者だが、彼は偉大な詩人でもあったんだ。たぶんこの詩は、きっと君の知っているだれかを思い出させるだろう」

アンドロスは、声に出して読みはじめました——

昨夜、男が叫んでいた。アッラー! アッラー!
彼の唇は、賛美の言葉で甘くなった。
すると、ひとりの皮肉屋が言った。
ふん! いつもおまえは呼びかけてばかりいるが、
今までに何か答えが返ってきたことはあるのか?
男は、その問いに答えることができなかった。
祈ることをやめ、混乱した眠りに落ちてゆく。
男は夢を見た。
魂の導き手、ハディルに緑濃い茂みのなかで出会った夢を。

なぜ、おまえは祈るのをやめたのか？
それは、今まで何も答えがなかったから。
おまえの渇望こそ、返事なのだ。
その嘆きが、おまえを大いなるものに引き寄せる。
助けを求める混じりけのない悲しみは、神聖な杯。
飼い主を呼ぶ犬の悲しげな声を聞くがいい。
あのすすり泣くような声こそが、絆《きずな》なのだ。
愛を請う犬たちがいる、
だれも名前さえ知らない犬たちが。
命をささげ、その一匹となりなさい。

ジョルジョは頬《ほお》づえをつきながら、しばらくじっと座っていました。

「だけど、アンドロス」ようやく彼は言いました。

「それが何かわかってさえいないものに、自分の命をどうやってささげればいいんだい？」

「君の渇望は、あれこれ策を練っても癒すことはできないんだ」

アンドロスが答えます。

「できるのは、ハートを駆り立てているものに従うことだけだ。この感情は神からの贈りものだよ。その感情に襲われたときは、よく見守ることだ。頭でいろいろ考えて邪魔をしちゃいけない。この感情それ自体が、信頼すべき真正なものなんだ。それは君が何かに近づいていることを教えてくれる。近づかないかぎり、自分たちに何かが欠けていると痛感することはないんだから」

この年配の男は、年若い友の肩に手を置いて言いました。「大丈夫だよ、ジョルジョ」そのまなざしは温かく、安心感を与えてくれます。

「もうすでに、すべてがうまくいっているじゃないか。ハートの声に耳を傾けることだ。そうすれば、大きく迷うことはない」

アンドロスは、ジョルジョの手のひらに小さな詩集をそっと置きました。

「これを今夜、家に持って帰ったらどうかな。君に何かを語りかけてくるかもしれない。ひとりのときに本を適当に開いて、そのページに何が書いてあるか見てごらん」

5

ジョルジョは昨日の夜から、その本をポケットに入れたままでした。けれど「カフェ・ベルゲリ」のテラスに座って、道行く人々の様子をなんとなく眺めているあいだも、耳にはまだアンドロスとの会話が響いていました。

彼が読んでくれた言葉を思い返すと、どういうわけか謙虚な気持ちになります。それに、自分の感じていたことが間違ってはいなかったのだと、ほっともしました。

コーヒーを飲み終えて、何を見るでもなくぼんやりしているうちに、ジョルジョはふと、アンドロスの助言を思い出しました。そこで、本を適当に開いてコーヒーカップに立てかけてみると、数行の詩が目にとまりました。

この世のありとあらゆるものは
恋をし、恋人を探し求めている。

麦わらは身を震わせる
琥珀《こはく》を前にして。

この詩を二度続けて読んでから、ジョルジョは、テーブルの上に本をそっと伏せました。朝の空気はすっかり暖かくなっているのに、ゾクゾク身震いがします。ルーミーの言葉が心の奥底まで届いて、人生に対するいっさいの疑問や熱望を超えた、内なる優しさに触れたのです。いつしか目には涙があふれていました。この詩人、この見知らぬ人は、彼の心の内がわかっているのです。

どうしてたった数行のこの詩が、これほど胸に迫り、慰めに満ちていて、ほろ苦いのでしょう？ ジョルジョは、二十八年の人生のなかで、こんなに震えを感じたことはありませんでした。初めてサンマルコの美術館を訪れたときをのぞいて、ただの一度も。

ジョルジョは、長いあいだずっとそこに座っていました。まわりのことはほとんど目に入らず、音も聞こえません。自分のなかで、何かが動きだしています。ルーミーがこの詩を書いたその地へ、その場所へ行かなければならない。そう直感しましたが、その感情は今まで自分を冒険へと駆り立てていたあふれんばかりの力よりも、どこかやわらかく、穏やかなものでした。

今度旅に出るのは、冒険家としてでも、好奇心の強い旅人としてでもありません。ほかに何をしたらよいかわからないから、出かけるのでもありません。この震えがそうさせるのです。自分のハートが行けと告げるから、そうするのです。なぜ旅立つのか、説明の言葉など要りませんでした。

6

待つ理由などありません。ジョルジョは明日、出発することに決めました。急いで帰宅し、そのことを父親に告げます。身辺整理を済ませ、ジョルジョはその夜のうちに、アンドロスに別れを告げにゆきました。

若者を楢《なら》の木のテーブルに着かせ、アンドロスは白豆のスープと黒パン、グラス一杯の辛口の白キャンティをその前に置いていきます。彼は戸口近くのジョルジョのかばんの方を見やると、優しくほほえみながらたずねました。二人のあいだではもう何度もくり返されてきた質問です。

「今度はどこへ？」

「コンヤ」ジョルジョが答えます。

アンドロスはうなずいて、にっこりしました。

「どの詩を見たんだい？」

ジョルジョはその詩のことや、自分の震えについて話しはじめました。アンドロスはじっと聴いています。そして黙ったまま、長いあいだジョルジョを見つめていましたが、ついにこう言いました。

「この旅は、もしかしたら君を破滅させることになるかもしれない。そんな巡礼の旅に出るのだから、本当の動機が何なのかよく考えてみるのが賢明だよ、ジョルジョ。コンヤは多くの者にとって、二度と引き返すことのできない場所だったんだから。ルーミーもそのなかのひとりだ」

「動機や理由なんてないよ」ジョルジョが答えます。

「わかっているのは、ただあの震えが連れていく場所へ行かなくちゃならない、ということだけさ。もし行かないと、僕の人生は無意味なものになってしまう」

ジョルジョはそう言うと、友人を見上げました。

「でも、どういう意味なの？　コンヤが、ルーミーにとって引き返すことのできない場所だったって」

「彼が愛にとりこまれて燃えつきたのが、コンヤなんだ」アンドロスが答えます。

「彼の詩は、彼の灰だ。彼はコンヤで、師となるシャムスに出会った。有名な学者であり、神学者でもあるルーミーの名声は、シャムスも知っていた。彼はコンヤまで出かけ、ルーミーの書斎にずかずかと入りこむと、そこにあった本をすべて窓から放り投げてしまった。シャムスは言った。愛や真理は、まさにこのはかない一瞬に存在している。本や高尚な理論のなかをいくら探しても、あるいは来世でも、神を見つけることなどできやしない。そんなものはすべて幻想だ。シャムスはそう吼《ほ》えた。今、この世界に神を見つけられないなら、おまえには絶対に見つけられない、と。

その瞬間からルーミーとシャムスは、人間と神性、その両方の世界を包みこむ愛を分かち合うようになった。しかし、後にシャムスは嫉妬に駆られたルーミーの弟子によって殺され、ルーミーは恐ろしいほど深い悲嘆の淵に沈み、狂ったようになってしまう。彼の詩は、その神聖な愛の狂気のなかから生まれたんだ」

「コンヤは、恋する者たちが目指す場所だ」アンドロスが続けます。

「だから危険だと言ったんだ。ジョルジョ、君は今、本当の旅に出ようとしている。この旅で君は、まさに自分の魂が求めているものを見つけるだろう。それ以上でもないし、それ以下でもない。二つ助言しよう。一つは、道中さまざまなことが起こるだろうが、どんな状況でも必ず、自分がわかっていることだけありのままの真実を言うこと。二つめは、自分の見る夢に注意するということだ。この二つを守るなら、初めから君の旅は順調にいくことだろう」

アンドロスは机の引き出しを開け、二通の封書をジョルジョに手渡しました。

「昨日の夜、ルーミーの詩集を持って帰ったとき、わたしにはわかっていた。君はコンヤにいくだろうとね」アンドロスは、そう言ってにっこりしました。

「紹介状を二通書いておいたよ。旅の途中、会ってほしい友人が二人いるからね。ひとりは、わたしの兄のディミトリ神父で、聖なるアトス山のイヴィロン修道院に住んでいる。兄はずっとイコンを描いていて、聖母マリアを深く愛しているんだ。もうひとりは、イスタンブールのハッサン・シュシュド。ハッサンは、イスラム教のダルヴィーシュのあらゆる教団から尊敬を集めている神秘家だ。きっと君の旅を助けてくれることだろう」

「僕自身よりも僕のことをわかっているんだね」

ジョルジョは笑いながら、アンドロスの手紙をかばんのなかに滑りこませます。

二人はそれから白ワインを飲み、ギリシャのウーゾ酒で仕上げをしながら、しばらく話をしました。やがて二人は抱き合って、ジョルジョは夜のひんやりした空気のなかに出てゆきました。

サンマルコ広場を通りかかると、何人かの酔っ払いがカフェでまだ話に興じていました。でも、ジョルジョは彼らには気づきません。彼はすでに二つの世界のあいだにいたのです。ちょうど岩山から岩山へと、宙を跳んでいるヤギのように。

7

ジョルジョは翌朝早く出発しました。フィレンツェのほとんどはまだ眠っています。路地を抜け、サンジュゼッペ通りから壮麗なサンタクローチェ教会へ。ここにはミケランジエロやガリレオの墓を訪ねて、観光客が毎日ひっきりなしにやって来ます。

教会の外には、そびえ立つダンテの像。ジョルジョは、愛を詠《うた》わせたらフィレンツェで並ぶ者のない偉大な詩人の顔をしばらく見上げてから、ダンテの祝福を乞うように静かに頭《こうべ》を垂れました。

そしてその場を立ち去ると、皮革細工学校の前を通り過ぎ、アルノ川に架かるサンタトリニタ橋を渡って、カルミナ通りをバス停まで歩きました。そこからブリンディジまでのバスが出ているのです。ブリンディジは、ギリシャのアッティカ地方の海岸へ向かう船が出る港です。

大聖堂《ドゥオモ》の壁の突起にとまっているハトたちが起きだしました。街路清掃人たちが広場を洗っています。パン屋はオーブンに火を入れ、花売りたちは市場に花を卸しています。光に満ちたフィレンツェの新しい一日がまた始まろうとしていました。

8

夜行郵便船に乗り、コルフ島の向こうのギリシャ本土に降り立ったジョルジョは、カフェで、メテオラという場所に連れていってくれるトラック運転手に出会いました。

メテオラは、テッサロニキの街や聖なるアトス山へ向かう道筋の途中にあります。松林、山々、黒い岩の谷を越え、野生のタイムが咲き乱れるなかを走り、ジョルジョは勢いよく流れる川の上流でトラックを降りました。

今までこんな不思議な場所は見たことがありません。広々とした平野の真ん中に、まるで地中に埋もれた巨人の手から指が突き出ているように、谷底から奇妙な形の岩山がいくつもいくつも、何百メートルもの高さにまでそそり立っているのです。

それぞれの切り立った岩山の頂上には、古い僧院がありました。夜霧が渦を巻いてこのメテオラの僧院群を包んでいます。ジョルジョは、最大の僧院があると思われる岩山の麓《ふもと》に向かって進むと、その岩の塔に巻きつくように頂上まで続く何百段もの階段を上りはじめました。

やがてジョルジョは、メガロ・メテオロン修道院（別名、変容《メタモルフォシス》の僧院）の厚い木の扉をノックしていました。先祖の故郷の山深い僻地《へきち》にあるギリシャ最大、最古の僧院です。少したってから扉がちょっとだけ開きました。しわがれ声が何の用だとたずねます。

「今晩、泊めてほしいのです」

「無理じゃな。聖ジョン・クリュソストモスの祝日なのだ」

その声は言い、バタンと扉が閉まりました。

ジョルジョはもう一度扉をたたくと、ほかには行く当てがないし、門を閉ざすのは、はるばるイタリアのフィレンツェから祖先の地にやって来た旅人を迎えるやりかたではない、と大声で訴えました。すると、厚い扉がまた少しだけ開きました。

「ギリシャ正教徒か？」声がたずねます。

「はい、そうです。そしてイコン画家です」

扉が大きく開き、黒い修道衣に身を包んだ長い白髭《しろひげ》の猫背の老人が、ジョルジョをなかに招き入れました。続いて宿坊責任者が、回廊にある一室に案内してくれました。その回廊は僧院の教会を守るように四角くとり囲んでいます。

部屋のなかには、テーブル、ベッド、キリストを描いたイコンがあり、天井からは三本のチェーンでガスランプが下がっています。真っ青な空色で手早く塗られた壁。ジョルジョがベッドに腰を下ろしたかと思うと、僧院の扉を開けたあの老人が、グラス一杯のウーゾ酒と地元の人たちがルクミと呼んでいるトルコ菓子を小皿にのせて持ってきました。

「モナス神父がお会いになる」

施し物をテーブルに置きながら、老人が言いました。

「ありがとうございます。モナス神父とはどなたですか？」

「修道院長であられる。あんたは、神父そして神の客人なのじゃ」

ジョルジョは感謝の言葉をつぶやいて、老人が重い足どりで出てゆくのを見ていました。どうしてこの老人は、こんな僻地の寂しい岩山の上で人生を過ごすことになったんだろう、何がそうさせたんだろう、とジョルジョは思いました。自分もギリシャ正教徒ですが、これまで一度も、伝統的な教会の信仰やしきたりにとらわれたことはありません。

その夜、ジョルジョは教会に一時間ばかりたたずんで、「主よ哀れみたまえ、主よ哀れみたまえ」と修道僧たちが歌う美しい聖歌の調べを聴いていました。ふと気づくと、床まで届く黒い修道衣に身を包んだ、すらっとした長身の修道院長、モナス神父がいます。目を閉じて、体全体で聴き入っているようです。歌の調子が変わるたび、そして沈黙の間が生まれるたびに、体を揺らしたり、ほほえんだり、頭を少し持ち上げたりしています。

修道院長ほどではないにせよ、ジョルジョもまた心を深く動かされていました。没薬《もつやく》の香りが子ども時代を思い出させます。父親とフィレンツェにある小さなギリシャ正教の教会によく行ったものです。

彼は至聖所の入り口に数枚のイコンが飾られているのに気づきました。マケドニアの原始的様式によるもので、数世紀前に作られたようです。マケドニア地方は、ギリシャの北部にあって、その昔ジョルジョの父親と母親が住んでいたことのある場所です。とりわけ一つのイコンが注意を引きました。聖母と子どもの像です。

聖母の瞳は、優しい悲しみに満ちています。子どものキリストを抱きしめようと少しうつむいた彼女の顔は、ブラウンオリーブの色でした。この聖母マリアの顔をじっと見つめているうちに、ジョルジョはまるで彼女が生きてそこにいるかのように、聖母の悲しみが自分の魂をあたたかく濡らすのを感じました。

9

翌朝早く出発の準備をしていると、門番小屋のそばをモナス神父が通りかかりました。素朴な威厳を感じさせる修道院長は、ギリシャ人には珍しい青い目をしています。彼は泊まり客のジョルジョにあいさつをすると、行き先をたずねました。

一瞬ためらってから、ジョルジョは言いました。

「コンヤです。巡礼者として行こうと思います」

そして、真実を言うように、というアンドロスの助言を思い出し、思い切ってつけ加えました。

「ルーミーという偉大な聖人であり詩人でもあった方が住んでいた場所です。彼の詩の一つにひどく心を動かされ、行かなければと思ったのです」

「イスラム教の聖人の？」修道院長がたずねます。

「ええ、そうです」少しおどおどしながらジョルジョは答えました。

「ルーミーはイスラム教徒でしたが、僕にとっては、何よりも詩人であることが大きいのです。その言葉は、どんな信仰をもつ人々にも語りかけます。彼は、それまで僕がほとんど経験したことのないやり方でこのハートに触れました」

「そうかね」モナス神父はにっこりしました。

「それで、その詩人が君に与えたのは、愛の感触なのかな?」

ジョルジョは少し赤くなって、それからこっくりうなずきました。

「愛こそ、この山に、四十二年ものあいだわたしをとどまらせているものだよ」

モナス神父はそう言うと、若者を見つめました。

「自分が探し求めているこの愛を言葉にできるかな?」

「それを感じるときには、わかります」

ジョルジョはつぶやくように言いました。

「それは、すべてを分け隔てなく包みこむ愛です」

「そのとおり」モナス神父はうなずきました。

「そのような愛は、人間がなしうる業《わざ》のなかでももっとも偉大なものだ。だが、そこに至る旅はひとりひとり違う。わたしの場合、愛はこの一つの場所で花開いた。だから、ほかにどこにも行く必要がなかったんだ。

そうかと思うと、ずっと遠くまで愛を探しにいかなければならない者たちもいる。それはすべて、それぞれのいのちの種によって決まる。しかるべき時がくれば、それぞれが実を結ぶだろう。

けれども、どんな運命が待ち受けているにしても、いつも愛のほうが君を見つけてくれるのであって、その逆ではない。だからこそ、聴くということを学ばなければならないんだ」

ジョルジョは修道院長の言葉に戸惑いを覚えましたが、質問を口にせず、そのまま待ちました。モナス神父は細い革ひもで首から下げたギリシャ十字を、指でしばらくさわっていぃます。何か考えこんでいるようです。

「わたしたちの伝統で学ばなければならないもっとも大切な教えは、神に従順であることだ。従順というと、教師の言うとおりにする子どものようでなければならないと考える者がほとんどだが、ギリシャ語で〈従う《オベイ》〉という言葉は〈聴く〉ということを意味しているのを、彼らは知らないんだ。神に従うということは、どんな状況にあっても神の声を聴くということだよ。

これがわたしの助言だ、ジョルジョ。独りでいる時間を利用して、自分自身のなかに入りなさい。そして自然に聞こえてくる声に耳を傾けるんだ。君のなかには、自分のすべきことが何かずっとわかっている部分がある。その声を聴きなさい。これが愛の知性だ。ややこしい説明などなしに、的確に語る声。その声を聴いたら、それが命ずるままに従いなさい。躊躇《ちゅうちょ》してはならないし、ふり返ってもいけない」

ジョルジョは、自分の出発のために僧院の厚い木の扉を開けてくれている、この初老の修道僧を見ました。ほんの少し前までは見知らぬ人だった、モナス神父に対する感謝の念がわき上がってきます。

「僕にコンヤへ行けと告げたのは、その声です」戸口に立って、ジョルジョは言いました。

「わかっているよ」老僧はほほえみました。

「いずれ、その声が休みなく自分に話しかけていることに気づくだろう。聴きとる力が身についた分だけ、声はもっとよく聞こえるようになる」

彼は言葉を切って頭を少し傾けました。まるで、そのときだれかが耳元で何かをささやいたかのように。

「デルフィは、聖山への道筋からそんなに外れていないよ、ジョルジョ。そこに立ち寄って、しばらく耳を澄ましてみるのも賢明かもしれない。古代のギリシャでは、ソクラテスのような賢者でさえ、デルフィの神託を受けにいったものだ。デルフィはいわば神の声を聴くための補聴器のようなものさ。その声がどんなふうに聞こえてくるかは、行ってみなければわからない」

モナス神父は続けます。

「それに何と言っても、聖母を描いている者にとっては、もともと大地母神ガイアの聖所だった神殿に敬意を表わすのは礼儀かもしれないね。ガイアは息子の蛇神に守られて、何百年もそこに住まわれていたんだ」

「聖山へ行こうとしていることがどうしておわかりになったのですか？　トルコにだったら、もっと直接入る道がいくつもありますが」

ジョルジョは驚いてたずねました。

「聴こうとしてみたら、そう聞こえたのだよ」

モナス神父はにっこりして言いました。

「君の旅が実り多いものになりますように、ジョルジョ」

それから、その思慮深い修道院長は若者と握手をし、谷あいの道に通じる長い石段を下りてゆくジョルジョをじっと見守りました。

石段の一番下まで行くと、ジョルジョは一瞬立ち止まりましたが、すぐに南に向かって歩きはじめました。北ギリシャの人里はなれた谷間を通って、パルナッソス山麓にあるデルフィの神殿へ向かうのです。

10

山々を越え、デルフィまで歩くと六日ほどかかるのですが、歩いて旅をするのがなんといっても彼は一番好きです。体と心が喜ぶリズムにゆっくりと入ってゆけるからです。

そのような旅は、ときおりそばを通りかかるヤギやロバなど、動物たちの動きにもペースが合っています。見知らぬ人たちと会話を楽しんだり、山の羊飼いと甘茶をいっしょに飲んだりもできます。そして何よりも、歩くことで自分の足もとにある大地、頭上に広がる大空をしっかりと感じることができるのです。

人間として生まれてほかに望むものなど何があるだろう?

険しい山々の谷あいを通り、峠を越え、どんどん歩きながら彼は思ったものです。鳥はさえずり、川は音を立てて流れ、松の葉が風に揺れささやいています。

六日目に、パルナッソス山が地平線に大きな姿を現わしました。デルフィはその麓《ふもと》からほんの数時間のところです。南には、コリンシアコス湾が午後の日ざしを受けて青や白にキラキラと輝いています。

歩きながらジョルジョは、旅人のなかの旅人、古代ギリシャのオデュッセウスのことを考えていました。自分が今目にしている風景を彼もきっと見たにちがいない、と。この放浪者の故郷イタカは、コリンシアコス湾の入り口からほんの数キロのところにあるのです。

11

ジョルジョがデルフィの神殿に足を踏み入れたのは、日没の一時間ほど前でした。守衛の姿しかそこにはありません。観光シーズンも過ぎ、遺跡は不気味なほどひっそりとしています。残った三本の柱だけが神殿の元の姿をとどめているようです。守衛はジョルジョが柱のそばで眠ることを許してくれました。

夜のとばりが下りると、ジョルジョは寝転がり、天空に輝くシリウスを見上げました。さまざまな疑問に対する答えを求めて、これまでエーゲ海一帯からこの地へと旅してきた無数の人々のことを、ジョルジョは思いました。いつもの自分なら、頭の中に数々の疑問が渦巻いているのですが、今は何も浮かんできません。頭上の星々、そしてこの古代ギリシャの柱とともに在ることで十分だったのです。

うとうとしているうちに、背後の草むらに何か気配を感じました。ふり返ると、蛇がいます。体長一メートル半はあるでしょうか、かま首をもたげ、先の割れた舌を震わせています。蛇はまばたきしない目でジョルジョをじっと見つめてから、神殿の柱のあいだをスルスルと抜けていきました。

暗闇のなかで身じろぎもせず、ジョルジョはじっと座っていました。意識が鋭敏になり、体中の細胞が目覚めています。一時間ばかりそこにいましたが、蛇は戻ってきません。モナス神父が、この神殿はもともと大地母神にささげられたもので、息子の蛇神によって守られていた、と言ったのを思い出しました。

耳を澄ましなさい、とモナス神父は言っていた。たぶんこれが、彼の言っていた聴くということなんだ……。ジョルジョはそう思いました。

その夜、ぐっすり眠りこんだジョルジョでしたが、明け方、ハッとして目を覚ましました。夢を見たのです。夢というより、むしろ尋常でない光と鮮明なイメージのヴィジョンに近いかもしれません。

今まで何度も描いてきた聖母のイメージが、まるで昼の光のなかで見る人の姿のようにはっきりと見えました。ただ一つ違うのは、彼女の顔が浅黒いことです。その顔は左に傾けられ、目からは涙がこぼれています。声も聞こえました。まるで普通に話しているようにはっきりと。

その声は言いました――

わたしはあなたが探しているその人ではない。

わたしではない。

しかし、その人はわたしと何ら変わらない。


ジョルジョの心は、喜びと悲しみで同時に満たされました。どうしてこんな気持ちになるのでしょう？　次の日彼は、深い感情をかきたてられ、ずっと静かに座っていました。二、三人の観光客がアテネからやって来て、去っていきました。夢のなごりがまだ鮮やかに残っていて、ジョルジョは柱の陰でじっとしています。

彼は褐色の聖母の言葉に思いをめぐらせました。いったいだれを探しているというのだろう？　自分がだれかを探していることに、彼は気づいていませんでした。コンヤへ行くように駆り立てられるから、そこへ行くのです。何かを期待して行くわけではありません。ジョルジョは「見る夢に注意するように」という友人のアンドロスの助言を思い出し、ギリシャ的な合理性にとらわれすぎないようにしました。

それが何を意味するにしても、こんな恩寵《おんちょう》が僕におとずれるなんてありがたいことだ。そう自分に言い聞かせたジョルジョは、モナス神父から、デルフィの古代の神託は常に謎めいていて逆説をはらんでいた、と言われたのを思い出しました。自分の聞いた聖母の言葉は、まさに謎というべきでしょう。

一日が終わりを告げようとしています。ジョルジョは包みから絵の道具を取り出し、神託が与えてくれたヴィジョンのスケッチをはじめました。褐色の聖母に敬意を表して、イコンを描くのです。

12

デルフィの神託所の守衛は老人で、家族は麓《ふもと》の村に住んでいます。ジョルジョが着いてから数日のあいだ、彼は仕事の合間にときどき立ち止まっては、ジョルジョがイコンを描くのを眺めていましたが、ある日、村の司祭を連れて現われました。

「失礼ですが…」司祭が言いました。

「あなたにお願いがあるのです。わたしの村の人々は、聖母様のイコンを深く崇拝しております。イコンは何世代にもわたって村の教会に置かれてきましたが、あまりに多くの口づけを受けたためにすりへり、ただの木の板のようになってしまいました。仕方なく別のものとさし替えたのですが、村人にはまるで人気がありません。元のイコンをはずしてからというもの、村の運も傾いてしまったようなありさまです。もし、あなたが修復してくださるなら、本当に光栄なのですが」

「残念ながら、みなさんのイコンを修復できるほど長くは、ここにいないと思うんです」

ジョルジョは守衛と司祭に言いました。

「トルコまで、まだ長い旅をしなければなりません。もうすぐ日も短くなりますし」

司祭は明らかにわかるほど悲しそうな顔になりました。イコンの修復師が山村を通るのはめったにないことですし、この若者の出現は、まるで聖母マリアその人からの恩寵《おんちょう》のように思っていたからです。教区の村人に、アテネからの旅費を払って画家を雇うだけの余裕などあるはずもありません。

ジョルジョは司祭の悲しみを感じました。また彼自身も、自分に対するある種の落胆を感じていることに気づきました。

なぜ、僕を頼みにしている村のために、ほんの二、三日でも時間を割いてあげられないのだろう？　自分の時間は、他人が必要としているときに応えられないほど貴重だというのか？　ここは聖なる場所で、すでにけっして忘れられない贈りものをもらったというのに。自分の卑しさが恥ずかしい……。

彼は司祭を見上げて言いました。

「神父様、考え直しました。みなさんのイコンを修復させてください。明日教会に参ります。ただ、夜はこの神殿に戻ろうと思います。ここが僕にはとても合っていますので」

司祭は大喜びで、その知らせを村人たちに伝えにゆきました。ちょうど日曜日だったので、村人の多くが夕べの礼拝のため、教会に集まっていたのです。

次の朝、ジョルジョは聖母のヴィジョンを見てから描きはじめたイコンをしまって、村へと下りていきました。村人たちのイコンは、とても扱いにくい状態になっており、いのちをふたたび吹きこむためには、自分の技術と注意力のすべてをつぎこまなければなりませんでした。数日のつもりがあっという間に数週間になり、青いコリンシアコス湾も灰色になることが多くなりました。

古代の柱のところに戻ってくると、そこには毎晩のように、村人からの差し入れの包みが一つ、二つと置いてありました。バジリコの小枝やオリーブも必ず入っています。風がいつもより冷たい夜には、ジョルジョは守衛の住む小屋でいっしょに過ごしました。

守衛の名前はクレタ。クレタ島の出身だからということですが、とにかくみんな彼をそう呼んでいました。クレタはよく、ジョルジョに自分の食事を分けてくれました。けれど無口な男で、いっしょに食事をするあいだも、二言三言話すことはあってもあとは黙っているのが常でした。

ある晩、いつものように二人で黙って座っていたとき、ジョルジョはふと思いました。彼はただの素朴な村人かもしれない。でもそんな彼にも、ぶっきらぼうだけど、分かち合う優しさがある……。

13

ジョルジョがイコンの修復をもう少しで終えようとしていた頃のある晩、クレタが不思議な話を始めました。

「ここの神託に守ってもらうようになって七年かな」

クレタは、厚く切った黒パンをジョルジョに手渡しながら言いました。

「遺跡の番をして、政府からもらう給料はほんのわずかだが、実のところ、守られとるのはわしのほうだ。ここで働きはじめてすぐの頃、褐色の聖母様が夢に現われたんだ。そして、今までだれも知らんようなことをおっしゃった。わしはずっとギリシャ正教徒だが、わしの思うに、この神殿を建てた大昔の人たちが、わしらみたいに聖母様のことを知っとったのは間違いない。呼び名が違っていただけのことだ」

若者は驚きました。神殿に着いた日の晩に見たヴィジョンのことを、まだだれにも言っていなかったからです。

「どういうこと、クレタ、褐色の聖母様って?」

彼はたずねました。

「ジョルジョ、あんたにはわかってるはずさ」

クレタはジョルジョをちらっと見やってから、また炎のほうにそっと視線を戻しました。

「あんたを見ると、いつも足もとに蛇がいる。聖母様はあんたのとこにもやって来なさった。わしにはわかるんだよ」

「実はそうなんだ」

ジョルジョはつぶやくように言いました。

「ここに着いた日の晩に聖母様が現われたんだ。それが聖母様だってすぐにわかったよ。ただね、そのお顔は最古のイコンよりも浅黒かったんだ。どうしてかな、クレタ? どうしてこの場所では聖母様が褐色なんだろう?」

「ここの聖母様が浅黒いのは、彼女の知恵が夜のものだからさ。わしらのイコンの一番古いものを見ると、聖母様のローブには無数の星が描かれている。彼女は子宮で、そこからあらゆるものが生まれ、存在するようになるんだ。

聖母様は荒々しくて、暗く謎めいている。なぜかというと、彼女は生そのものだから。生がそうであるように、聖母様はわしらのなかから天使も悪魔も同じように呼び出すんだ」

「それじゃあ、どうして僕たちの伝統では、聖母様はあんなに穏やかで慈悲深いんだろう？僕はいつも、聖母様は慈愛に満ちた方だと思っていた……」

「確かに、聖母様は慈悲深いお方さ。でも、この神殿を建てた大昔の人たちは、すべての慈悲の源にあるのは真理だということを知っていたんだ。そして真理とは、善い思いも悪い思いも超えたところにあるものだってね」

炎の光がクレタの顔を照らして揺らめいています。彼の背後にある壁では、影たちが踊っています。クレタとジョルジョは、それまでの何週間ものあいだ、日常的なあいさつ以外はほとんど言葉を交わしていませんでした。若者は、この気取らない老人の理解の深さに心打たれ、謙虚な気持ちになりました。

「教えてくれるかな、クレタ」ジョルジョがたずねます。

「もし聖母様が穏やかでもなく、慈悲深くもないとしたら、いったい彼女は何なんだろう？」

クレタはほほえみました。

「彼女は穏やかだし、慈悲深いさ。大いなる慈愛に満ちた聖母様だよ。だれであろうと善し悪しを裁かずに、わたしたちみんなを休むことなく抱擁してくださるんだ。けれど、同時に彼女は力強くて恐ろしい。ときには怒りに満ちてさえいる。幻想にとらわれているわたしたちの目を覚まさせようとするときはね」

二人の男は黙って座っていました。まだ十分乾いていないのか、薪が火にはぜてパチパチ音を立てています。

「クレタ…」ようやくジョルジョが口を開きました。

「聖母様が現われたとき、僕におっしゃったんだ。彼女は僕が探し求めているその人ではない、でも僕が探している人と自分は何ら変わらないって。どういう意味か教えてもらえる？　僕には謎みたいに思えるんだけど」

クレタは笑いました。長く低い笑い声が響きます。

「確かに謎だが、それはあんただけが解くことのできるもんだ」

ジョルジョはまた黙りこみます。この旅はほかの旅とは全然違っている……。柱の下の寝床へ行こうと立ち上がりながら彼は思いました。

「愛の旅に何を期待しているんだい？」

まるでジョルジョが思いを口にしたかのように、老守衛はクスクス笑って言いました。

「何が起こってもおかしくないさ。これからいろんな力を招き寄せるだろうが、あんたにできるのは、おとなしくそれに従うことだけだ」

一週間後、ジョルジョの修復作業はようやく終わり、村のイコンはまた元の姿をとり戻しました。村人総出の大行列が表通りや教会のまわりを練り歩き、修復されたばかりのイコンを祝っています。

ジョルジョは出発の準備を整えました。行き先はアトスの聖山です。旅立とうとしていると、クレタが握手を求めてやって来ました。

「お若いの」彼は言いました。

「この人たちを幸せにする機会を与えられたあんたは、祝福されている。だから覚えておくんだ。愛の道は、優しさの一歩で始まり、優しさの一歩で終わる。だけど、最初の一歩と最後の一歩は同じじゃない。わしらの聖母様からわかるように、優しさには穏やかで寛容なものもあれば、荒々しく力強いものもある。そのどちらもハートの扉を開けて、あんたと世界の両方を変えることができるんだよ」

ジョルジョは老守衛の言葉に感謝しました。二人は抱擁を交わし、クレタは年若い画家が丘の向こうに見えなくなるまで見送っていました。

14

アトスは、その半島全体がギリシャのなかにある自治国となっていて、イスタンブールに居を構えるギリシャ正教の首長、コンスタンチノープル総主教の権威のみを認めています。聖山が横たわっているのは、北エーゲ海に突き出しているこの三十キロメートルあまりの細長い半島の南端です。このやせこけた半島には、もう二千年近くのあいだ、女性はだれひとりとして足を踏み入れたことがありません。

修道僧たちが言うには、その昔、キリストが磔《はりつけ》になったあと、聖母マリアの乗った船が難破してアトスの岸に打ち上げられたそうです。彼女は降り立つなり、ここは自分の土地であると言いました。そういうわけで、ほかの女性は入ることができないのです。

アトスに住んでいるのは修道僧だけで、彼らの修道院は木がうっそうと茂る半島中に散らばっています。道はといえば、僧院と僧院を結ぶ、やっと人が通れるだけの小道があるばかりです。

アトスでは、ギリシャやロシア、セルビア、ルーマニア、ブルガリアの修道僧たちが、ギリシャのほかの地域よりも約五時間遅れのビザンチン暦に従って生活しています。彼らは、外の世界から自らを切り離しているのです。

何百年ものあいだ偉大な神秘家や奇跡を起こす人がここで暮らし、彼らに触発された多くの人びとがあとに続きました。現代の暮らしに疲れ、あるいは幻滅してやって来る見習い僧たちのとぎれることのない流れが、この古代から変わらぬコミュニティーを支えています。

ジョルジョは小さな桟橋にふらふらしながら降り立ちました。アトスへの唯一の交通手段である船は、巡礼者たちであふれかえっていました。激しいうねりのなか縦や横に揺られ、半島に沿って二時間あまり。今はただ、動かない地面を枕に横になりたい気持ちでしたが、イヴィロン修道院までは歩いて三時間の距離、それにもう午後をまわっています。

ジョルジョは、踏みならされた狭い小道を丘陵地帯のほうへ歩きはじめました。道に木がかぶさるように茂り、聞こえるのは小鳥の声だけ。四方に何百といるようです。ときおり木々のあいだから光り輝く海がかいま見えましたが、その海ももうはるか下のほうにあります。ねじれて成長の止まった松の林のなかで、道が消えてしまうこともありました。その度にあちこちつまずきながら、やっとのことでまた道を探し出すのです。

ときどき何か動物の鳴き声も聞こえます。アトスにはまだオオカミがいるのかな、とジョルジョは思いました。一歩進むごとに、体が軽くなっていきます。南国の光と空気、そして紺碧《こんぺき》の空をバックにくっきりと美しい木々の緑が、背中を押してくれているのでしょう。

ジョルジョがジュニパー〔セイヨウネズ〕やタイムのさわやかな香りを胸いっぱいに吸いこんで心をはずませていると、とうとうイヴィロンの大修道院が見えてきました。

門のところに、年老いた修道僧がひとり横になって寝ており、靴がそばに置いてありま す。ジョルジョは少し躊躇《ちゅうちょ》しましたが、門を通ってなかへ入り、真ん中に教会のある大きな中庭に出ました。

15

ディミトリ神父は自分のアトリエに独りで座っていました。アトリエといっても修道院の構内の崖《がけ》っぷちにあるそまつな小屋です。修道生活に入るため故郷のテッサロニキを離れてから三十年のあいだ、彼は毎日、この同じ水平線を見つめつづけてきました。

人生の神秘を激しく愛してきたという点では、ディミトリも弟のアンドロスと同じですが、二人はまだ若者と呼べる頃に別々の道を歩むようになったのです。ディミトリがもともと独りでいることを好み、キリスト教の神秘について考えにふけることが多かったのに対し、アンドロスは探究心がより旺盛で、伝統にもあまり縛られませんでした。

けれども二人は、暮らし方や歩む道がまったく異なっていたにもかかわらず、年を経た今では以前よりも親密になっています。その時々の理解や気づきをつづった長い手紙のやりとりをし、結局のところ互いの人生はさほど違っていないと思うようになったのです。

ディミトリはギリシャ正教の教えにひたすら従って、その源泉である静寂にたどりつきました。一方アンドロスは、すべての宗教が触れ合うところにある静寂を何年も前から知っていました。今では二人ともわかっていますが、自分の先入観や思い込みから解放されていることこそ、本当の自由なのです。

一度だけ、アンドロスが自分の道に確信をもてなくなったことがあります。そのとき彼は兄に手紙を書き、自分も修道生活に入るべきかとたずねました。ディミトリが仏陀の絵を描いて送ると、それを見たアンドロスには、兄の言いたいことがすぐわかりました。

「おまえは自分自身の生き方を貫くべきだ。仏陀のように、おまえも自分だけの道を見つける運命にある。その道は、修道院の小部屋に三十年も閉じこもるのとまったく同じくらい高潔で困難なものだ……」

ディミトリ神父は絵筆をとり上げ、スケッチの前の壷に入った焦げ茶色の絵の具に浸しました。ゆっくり絵筆を下に動かしながら、聖母の顔を塗ってゆきます。

この絵は今まで描いてきたどのイコンとも違うものになると、自分でわかっていました。ディミトリ神父は長い時を経て、ようやく内なる眼にずっと焼きつけられてきたその顔を形にする準備ができたのです。

そんなことに思いを巡らしていると、だれかがドアをたたく音が聞こえました。

16

ディミトリ神父は掛け金を外して戸を大きく開けました。そこに立っていたのはジョルジョです。暖かい海風にひどく息をはずませ、手には一通の紹介状が握られています。ディミトリはこの客人を喜んで迎え入れました。

「弟は君のことをとても褒《ほ》めているよ」

笑顔で言いながら、神父は開いた手紙をテーブルの上に置きました。

「絵の具が乾いてしまわないうちに、全部塗らせてほしい。あと少しで終わるから」

修道僧が描いているイコンを目にして、ジョルジョは驚きました。部屋を見まわすと、本が一列に並んだ木製の棚と鉄製のベッドがあり、壁には小さな十字架がかかっています。

「アンドロスの手紙によると、君は興味深い旅に出ているらしいね」

二人とも腰を下ろしてから、ディミトリが口を開きました。

「これまでの道中どんなことがあったか、聞かせてくれないか」

ジョルジョは、デルフィに滞在したとき褐色の聖母のヴィジョンを見たことを話しました。そしてかばんからスケッチをとり出し、自分が見たものをどのように描きはじめたかも説明しました。

「すると、君はぴったりの場所に来たわけだ」ディミトリが言います。

「よかったら、いっしょに描こう。見てのとおり、二人とも同じイコンに夢中になっているようだから」

「教えてください、神父様」ジョルジョがたずねます。

「どうしてこんなイコンを描くようになったのですか？　この女性のイメージは、教会の教えとはまったく違うものですが」

ディミトリ神父は椅子《いす》に深く座りなおし、少しのあいだ沈黙してから語りはじめました。

「初めてアトスにやって来たとき、女性のことをただ考えるだけでも、唯一安全な方法は、自分の母親として思い浮かべることだと言われたよ。母のイメージ以外はみんな観想から気をそらせるものだって。

わたしたちは感覚の世界を超えた、目に見えないものへ注意を向けるために、この生き方を選んできた。それが修道士の道だ。でも、そこには恐れがあることも、今ではわかっている。それに、ほかの道があるということもね。

イスラム教の修行者ダルヴィーシュは、世の中から自分を切り離すのを好まないけれど、われわれの教会と同様、偉大な聖人をたくさん輩出していることに疑いの余地はないよ」

「では今も、女性をみんな自分の母親だと思うようにしていますか？」若者がたずねます。

ディミトリ神父は、その黒く柔和なまなざしをジョルジョの方に向けました。

「向こうに大海原が広がっているだろう」

アトリエの窓から外を見ながら、彼が言います。

「高さや色の違う波がどんなにたくさんあっても、それはみんな一つの海が見せる多くの顔にすぎないんだ。わたしはこの三十年というもの、ひとりの女性も目にしていない。だからわたしにとって女性は、あの果てしない水の広がりのように、すべてを包みこみ、育んでくれる美しい存在だ。まさにわたしたちの聖母像のようにね。

そうは言っても、ここで暮らすようになってから、それこそ波のようにいろいろな女性の顔がいっぱい心に浮かんだものだよ。今では、それもすべて、根源的な美のすばらしい表われだとわかっているけどね。

そんなわけでジョルジョ、君の質問への答えだが、わたしはどんな姿の女性だろうと、そのまま尊重するようになっているよ。そのおかげで自分の肉体も、この世の願望や欲望も肯定できるようになったんだ」

ディミトリ神父の言葉は、ジョルジョには思いがけないものでした。

「すると、修道士になられて何十年もたつのに、まだ肉体的な願望や欲望があるとおっしゃるのですか？」

ディミトリはほほえみます。

「わたしにはまだ肉体があるからね」彼は静かに言いました。

「ありがたいことに、肉体の願望やそれが映し出すイメージは、もう怖くはないんだ。この頃では、地上に生きて感覚の世界を味わえることを喜んでいるよ。ここに天国がないなら、そんなものはどこにも存在しないさ。そう思わないかい？」

ジョルジョは、今までこれほど思いのままに話す修道僧と出会ったことはありません。

「そう思います」やっとジョルジョは答えました。

「でも、そうしたものがもう観想の妨げにならないのは、どうしてなのですか？」

「それは、根源の静けさはどこであろうと、生きとし生けるもののなかに存在するとわかっているからだよ。その静寂は、この花は自分のものだけどゴキブリはちがうとか言って、選り好みしたりはしない。真の聖母様は、わたしたちの願望や欲望も含めて、丸ごとすべてを包みこんでくれるんだ。もし、あらゆるもののなかにそのお姿を見るなら、何をしていてもどこにいても、彼女のもとへ導びかれるようになる。わたしはそんなふうにして、君がいま目にしているこのイコンを描くようになったんだよ」

ジョルジョは立ち上がり、ディミトリ神父の絵をかがみこむようにして見ました。

「彼女を見ていると、旧約聖書のソロモンの歌が浮かんできます」

彼はその一節をつぶやきました――

　わたしは黒く、そして美しい
　ケダルの天幕のように……

「それはうれしい褒め言葉だね」ディミトリはつぶやきました。

「この聖母様は確かにきれいだ。彼女は海そのものだよ。力強く恐ろしい。それでいて美しく穏やかでもある。彼女は何も拒まない。有限と永遠、その両方の世界を祝福する。聖母様を本当の色で描くためのヴィジョンと勇気がもてるようにわたしは祈るだけだ」

若者の絵描きとそれほど若くない画家は、夜更けまで芸術について語り合いました。修道院のガス灯が一つまた一つと消えてゆき、最後の祈りの歌が聞こえてきます。

イコン画家のアトリエの床で眠ったジョルジョは、明け方、古ぼけたストーブの上で湯気を立てる濃いギリシャコーヒーの香りで、目を覚ましました。

17

ジョルジョはディミトリ神父の申し出をありがたく受け入れ、彼のアトリエに滞在して褐色の聖母のイコンを仕上げることにしました。

毎朝、二人はほとんど無言のまま制作に没頭します。夜になると、ジョルジョは僧院内の教会に出向いては修道僧たちのみごとな歌声に耳を傾け、昼下がりには、一、二時間ほどよく図書館で過ごしました。

アトスの各図書館には、ヨーロッパでも最古の貴重な書物が所蔵されています。十四世紀にギリシャ語で書かれたヨハネの福音書最古の写本も、半島最大の修道院グランデ・ラヴラにある図書館のガラスケースに収められていました。

イヴィロン修道院にも宝物があります。ジョルジョがそこで見つけた本は、すべて厚い革の装丁を施され、十字架が刻まれていました。それらの本は、砂漠で暮らすようになった初期キリスト教徒たちの世界へ、そして幾何学や数学に関するアラブの知識、宗教建築の原理、あるいは中世の解剖学へとジョルジョをいざなってくれます。いろいろ読んだなかで、砂漠の師父たち〔初期キリスト教の隠修者〕のたった一行の言葉が、ほかのどんなものよりも彼を引きつけました。

「見守り、祈りなさい。そして何よりも注意深くありなさい」という言葉です。

「砂漠の師父たちは何が言いたいのでしょうか、ディミトリ」

ある日、ジョルジョは二人でコーヒーを飲みながら話しているときにたずねてみました。

「なぜ彼らは、注意深くありなさいと言ったのでしょう?」

「心というものは、目に見えないさまざまな力の影響を受けやすい、と言っているんだ」

ディミトリ神父は謎めいた言い方で答えました。

「彼らの言葉より、今おっしゃったことのほうがもっと謎ですよ」ジョルジョは笑いました。

「いろいろな波が来るたびに、心は知らないうちに、それにすぐ飛び乗ってしまう」

ディミトリが続けます。

「だが、よく注意していれば、ものごとがどれほどよく見えたり悪く見えたりするときでも、揺るがない何かがあることに気づくだろう。君の好きなダルヴィーシュの詩人、ルーミーもこのことをよく知っていた。彼はその何かを、わたしたちが寝転がることのできる野原のようなものだと言ったんだ」

あらゆる悪行や善行を超えた彼方に、
緑の野原がある。そこであなたに会おう。
魂がその草のなかで横になると、
世界はあまりにも豊かで、言葉にできなくなる。

「どうしてルーミーの詩を知っているのですか?」

ジョルジョはたずねました。

「彼はイスラム教徒で、あなたは正教徒なのに」

ディミトリ神父は、友人のほうを優しく見やりました。

「わたしたち修道僧もみながみな、君が想像しているほど、自分たちの信仰に凝り固まっているわけじゃないんだよ」

彼はほほえみました。

「ダルヴィーシュの兄弟たちは、何百年も前にこのアトスへやってきた。そしてコンスタンチノープルがオスマン・トルコの支配下に置かれてからは、わたしたちも出向いていって、彼らと語り合ったんだ。ダルヴィーシュは、アトスのわれわれの祖先にハートの祈り最初に教えた人々だと言われている。祈りの言葉だけが変えられたんだよ」

「ハートの祈りとは？」ジョルジョがたずねます。

「それこそが、砂漠の師父たちの言っている注意深さだよ。それらは一つの同じものだ。何を感じ、何をしていようと、どこにいようと、呼吸といっしょに頭の意識をハートへ下ろすようにするんだ。頭がハートにつながると、今ここに在るという感覚が生まれる。息が胸へ下りていく流れを意識すれば、今この瞬間に目覚めていられるようになる。呼吸をしているのは自分ではなく、呼吸のほうが君に息をさせているんだと覚えておくといい。そうすれば呼吸が存在していることに感謝の念がわくよ」

「なんという奇跡だろう…」ディミトリが続けます。

「探せばいつでも呼吸はそこにあって、いのちの力を体いっぱいに吹きこんでくれるんだからね。いのちは分け隔てなく、なんと慈悲深いことか。息を吐き出すときに、言葉やあるフレーズをつぶやく者もいる。たとえば、イエス様の名前。ダルヴィーシュたちだったら、アッラーだろう。なかにはああ！　としか言わずに、息の出入りが自分をいのちで満たしていくのを感じるだけの者もいる。

　祈りで大切なのは言葉じゃない、自分を生かしてくれている存在に感謝することなんだ。そうすれば、どんなことで気分が高揚しようと打ちのめされようと、それはすべて呼吸に抱かれて起こるようになる。これが、見守り、祈るということだ。簡単なことだよ。でも、そのためには生涯、自制しつづける必要がある」

ジョルジョは戸惑いを覚えました。

「自制と言われた訳はなんですか？　呼吸といっしょにハートへ下りてゆくのに、どうして修道衣を身に着けたり、独身を通したりしなければならないのか、僕にはわかりません」

「確かにそうだね」ディミトリが答えます。

「そういったことは形式的なことだ。この山で何年も暮らすうちに、わたしにはわかったんだ。真の自制は、わたしたちの意識にかかわるものだってね。何をしているときも、こんなふうに呼吸を見守るつもりなら、浮き沈みする人生から根源の静けさへと、自分の注意を転じる必要があるんだ。

でもそれは波の高低がなくなるということじゃないよ。波はいつも変化するものだから。そうではなく、さまざまな波の下にある深い深い流れに気づくということだ。明日よかったら、そうした深みでずっと暮らしている人のところへお連れしよう」

そのあとは二人ともずっと黙ったまま、それぞれのイコンの制作に一心にとり組むのでした。

18

翌朝、ディミトリ神父は海岸の崖《がけ》の方へジョルジョを連れ出しました。ほこりっぽい曲がりくねった道を一時間あまり歩いたでしょうか。ディミトリが、キラキラ光る海の上に張り出した前方の崖の下を指さしました。見ると、そこにちっぽけな小屋が立っています。

「あれがソフロニオ神父の住まいだよ」

ディミトリが言います。

「彼は隠修士だ。聖者だという者もいる。毎週ボートが来ると、食料など要るものをかごに入れてもらって、それを引き上げているんだ。アトスにはこんなふうに孤独な生活を送る修道者が数多くいるんだよ。彼らは自分の小屋を何があっても絶対に離れない、たとえ聖体礼儀〔パンとぶどう酒をキリストの体と血としていただく儀礼〕であってもね」

「ギリシャ正教徒であるためには、聖体礼儀を受けないといけないと思っていました」

ジョルジョは言いました。

「神といつも深く交わっている者には、聖体礼儀はあえて必要ないんだよ」

ディミトリが答えます。

小屋へ通じる急斜面の道を這うように下りていくと、ボロを着た、ぼさぼさ髪の猫背の老人が戸口に姿を見せました。その姿は、ジョルジョが抱いていた聖者のイメージとは違います。

小屋までまだ百メートルほどありましたが、ジョルジョには、その老人が自分たちをにらみつけているのがわかりました。さらに近づいていくと、老人は戸口のそばにあるバケツに手を伸ばし、二人に石つぶてを浴びせはじめました。

ジョルジョは立ち止まって体をすくませ、両腕で頭を守ろうとします。切り立った崖、狭い道。老人の攻撃をへたに避けようとすれば、あっという間に海へまっさかさまに落ちてしまうでしょう。彼は引き返そうとしました。ところが、そばをディミトリ神父が飛んでくる石からまったく身を守ろうとせずに歩いていきます。

「そのまま進んで」

横を通り過ぎながら、ディミトリが声をかけました。

「自分の呼吸を見守るんだ。判断や恐怖に気をとられるんじゃない」

ジョルジョは言われたとおりにしました。でも、小道から外れないようにするのが精一杯です。石はどうやら、ディミトリよりも彼をめがけて投げられているようです。その一つが足に当たったとき、彼は怒りで声を上げました。

「呼吸だ」ディミトリがふり向きざまに叫びます。

「考えに気をとられるな」

ソフロニオ神父は石を投げるのをやめません。やっとのことで二人が戸口にたどりつくと、今度はくるりと背を向け、一言もしゃべらずになかへ入ってしまいました。

ジョルジョは狼狽《ろうばい》し混乱していましたが、ディミトリ神父に続いてなかへと入りました。部屋には、テーブルと椅子《いす》が一つずつ、それにキリストのイコンがあるだけです。

ジョルジョは、ディミトリがソフロニオ神父に近づいて両頰《ほお》に口づけするのを見ていました。ジョルジョにも同じようにするよう、身ぶりで勧めています。ジョルジョが前に進んで老人を抱擁したとたん、いやな匂いが鼻をつきました。まったくうんざりです。

「あんたの連れてきたこの臭い生き物は、いったいだれじゃ？」

ギラギラした目をディミトリに向けながら、老人がたずねます。

「イタリアからの旅人でイコン画家です、神父様」ディミトリが答えます。

老人はフンと鼻で笑うと「この男は画家なんかじゃないわ。ただの馬鹿だ。だから石を投げつけてやったんじゃ」と言って、ジョルジョの方を向きました。

「愚かさから目を覚まさせてやろうとしたのに、どうやら時間の無駄だったようじゃな。おまえの頭がロマンでいっぱいになっとるのがわしにはわかるわ。渇望、放浪のロマンでな。そうやって探し求めてばかりいるようじゃが、一度でも立ち止まって考えたことはあるのか？　渇望している自分は、いったい何者なのかって」

「僕にはわかりません」

ジョルジョは小声でつぶやきました。もう頭のなかは完全に混乱しています。

「それなら、まだ望みはあるというわけだ」

相変らずぶっきらぼうに、ぐじゃぐじゃの髭《ひげ》をなでながら、ソフロニオ神父が答えます。

「わからずにいる、ということが秘密の杯じゃ。わからないというのは、答えを探すのをあきらめたということじゃない、お若いの。それは、安易な答えに甘んじないということだ。疑問を生きるがよい。それを深いところで感じるんだ。本当の自分はどんな存在なのか？　この疑問はすばらしい修行じゃ。だが、それに答えるには、進んで自分の頭を切り落とし、その上に座る必要がある」

ジョルジョはソフロニオ神父の言葉に愕然《がくぜん》としました。いったい、だれが自分の頭を切り落として、その上に座りたいなんて思うでしょう？

「言葉にとらわれずに、もっと深く感じ取るんじゃ」ソフロニオが言います。

「忘れるな、答えに甘んじてはならん。いったいだれが問いかけているのか、それを見つけるんだ。そうして初めて、自分自身を戸口に迎えることができる」

ジョルジョは、何も答えないのが一番だと思いました。彼らは黙って数分間そこに座っていましたが、やがてディミトリ神父が土の床から立ち上がり、ソフロニオ神父をもう一度抱擁しました。ジョルジョもそれに倣います。今度は、あたりに甘い香りが漂っていることに彼は気づきました。

二人は来た道に沿って戻っていきます。眼下に見える海は、日ざしを受けてキラキラ輝き、崖の上のほうでは一羽のノスリがくるりくるりと旋回しています。歩きながら、何も考えていないこと、頭がからっぽなことにジョルジョはふと気づきました。そしていつになく満ち足りた気分であることにも——。

19

ジョルジョはディミトリ神父のそばで何日も、イコンの深遠な優しさをなんとか表現しようと骨折っていました。しかし褐色の聖母は、なかなかつかまえどころがありません。つかまえたかと思うと、スルリと逃げてゆくのです。ディミトリは、しばらくアトス半島を歩いてみたらどうか、と勧めてくれました。

そこでジョルジョは、聖山のわき道を歩きまわってほかの修道院をいくつか訪ねました。楢《なら》や松がうっそうと茂る低木林を抜けて一度に何時間も歩くのですが、そのあいだだれにも会わないことがよくありました。そうしてどこかの僧院の門にたどり着く頃には、たいてい太陽は水平線に沈みかけています。うれしいことに、グラス一杯のウーゾ酒とルクミがいつもジョルジョを迎えてくれました。

僧院から僧院へと歩きまわるうち、ジョルジョは世俗から逃れてきた多くの人々に出会いました。セルビア人の修道院では、パリ郊外のチョコレート工場で昔働いていたという二人の老人に会いました。彼らは、バルカン半島の紛争から逃れ、バスティーユ地区に小さな部屋を借りていっしょに暮らしていたといいます。

ある晩、仕事帰りにひとりがセルビア語の新聞を手にとると、アトスにあるセルビア人の修道院が紙面に嘆願文を出していました。それによると、もしすぐに新しい血が入らなければ、その僧院は五百年の歴史に終止符を打って、門を閉ざさなければならなくなるというのです。二人の友人は顔を見合わせ、すぐその場で行くことに決めました。

今では、その修道院に残っている僧はこの二人だけです。二人はここに移ってきて以来、アトスの外にある世界を見ていませんでしたが、聖山でのつつましく素朴な生活に相変らず満足しているのでした。

なんとも祝福されている人たちがいるものだ、自分の天職をこれほど潔く見いだすなんて……。セルビア人の修道院を出て歩きながらジョルジョは思いました。けれど、自分もまた自分なりに祝福されていることもわかります。天の恵みは、うわべの姿に隠れている本質を見抜けさえすれば、日々の暮らしのなかに常にあるにちがいありません。

スタヴロニキタのギリシャ人の修道院では、ジョルジョよりもずっと若いひとりの青年が、なぜアトスにやって来たのか、そのいきさつを話してくれました。それによると、彼はロンドンのギリシャ人家庭で育てられ、長じて有名なファッション・デザイナーのアシスタントになりました。ロンドンの華やかな社交生活をそれこそ十二分に堪能《たんのう》していたのですが、同時にますますむなしさが募るようになっていきました。それで子どもの頃の宗教に立ちもどるようになり、しまいには修道士としてアトスへ行きたいという思いにあらがえなくなったのです。

この年若い修道僧は、死者の骨が積み上げられている地下の納骨堂へジョルジョを案内してくれました。頭蓋骨が何列にも並べられ、その下には大腿骨が山と積まれています。そのうちの二つの頭蓋骨は金色です。青年の話によれば、それは聖人のもので、こうして頭蓋骨が金色になった者だけ、後に聖人として公認されるといいます。

「僕も死んだら頭蓋骨が金色になるかもしれない。だからアトスに来たんだ」

青年はそう言うと、「もし、それが主のご意志ならば」とつけ加えました。

自分の望んでいるものがあんなにはっきりしているなんて、彼は幸せだ。ジョルジョは道を進みながら思いました。でも僕は、聖人になりたいなんてまったく思わない。来世に目を向けて生きるより、今在るこの世界にしっかりと属していたいんだ……。

アトス最古の修道院であるグランデ・ラヴラでは、疑いと絶望のまっただ中にいる若者に出会いました。彼は、偉大な師を見つけることを夢見てアテネの暮らしを捨て、聖山に住むひとりの隠修士の弟子として三年間過ごしたといいます。ところがその老人は、若者に一日がかりでレンガの壁を作らせると、翌日にはまた壊せと命じたりしました。聖書以外に何か読むことも床以外で寝ることも、けっして許しません。

若者は起きているあいだ中、何から何まで細かい指示に従い、必要があればその老人の世話もしなければなりませんでした。このような修行は、若者を自我から解き放つどころか、暗く深い絶望の淵へと追いやっていくだけでした。彼は隠修士の風変わりなやり方にどんな賢明な動機も見いだせず、ついにグランデ・ラヴラへ逃げこんだというわけです。けれどもそこでわかったのは、毎年聖なる生き方を求めて山へやって来る新米の若者のあいだでは、そんな体験はごく普通のものだということでした。

この話を聞いて、ジョルジョはソフロニオ神父から受けた奇妙なもてなしを思い出しました。けれども、この老人との出会いが自分の人生をより豊かなものにしてくれたことに彼はもう気づいています。この旅には万人に合う公式なんてないんだ、とジョルジョは思いました。どの人生にも、それぞれ進むべき道がちゃんとあるようです。

一度、グランデ・ラヴラ修道院とパンテレイモン修道院のあいだの道で、ボロを着た男が木の下に片足で立っている姿に出くわしました。男は手と顔を天に向かって上げていて、足もとには食べ物と水の供え物があります。二人の修道僧が男の前にひざまずいていました。彼らが立ち上がって行こうとしたとき、ジョルジョは男がいったい何をしているのかたずねました。

「苦行を神にささげているのですよ」

修道僧のひとりがフィレンツェから来た若者に言いました。

「彼はあの場所から動かず、同じ姿勢を五年も続けています。食べものを供えていく者もいますが、ああしているあいだはまったく口にしないのです」

「あとどのくらいあそこにいるつもりなんでしょう？」ジョルジョがたずねます。

「主が天国に魂を引き上げてくださるまで」もうひとりの修道僧が言いました。

「でもどうして？　なぜあんなに自分を苦しめる必要があるんですか？」

「彼にとっては苦痛でもなんでもないのですよ」最初の修道僧が答えました。

「肉体の欲求に打ち克つことに喜びを感じているのです」

そう聞いても、片足で立つ男の姿はジョルジョを悲しくさせます。

少し歩いてゆくと突然、丘陵のくぼみから、金色と青色のかすみに包まれた海が空と一つになって現われました。ジョルジョは驚きのあまりその場にしばらく立ちつくしたまま、目の前の光景を眺めていました。まるで世界が、すべてつつがなしということを彼に思い出させ、この世界を真の名前で呼ぶよう不意に呼びかけてきたかのようです。

世界の真の名前、それは「美」でした。

20

ジョルジョはディミトリ神父のアトリエに戻り、制作を続けました。

数日が数週間となり、教会で修道僧たちが歌う美しいオラトリオの調べも、ジョルジョの骨にまで浸み通ってくるほどになりました。海面に輝く光が目を喜ばせてくれます。年輩の画家の静かで穏やかな心遣いに助けられ、気持ちもゆったり落ち着いてきました。

褐色の聖母のイコンは、徐々にしっかりとした、それでいて繊細な姿を現わしてきます。それはいつも親しんできた聖母ではありませんでした。長く黒っぽい髪は、銀の留め金でまとめられています。

とうとう聖母の目じりに浮かぶ涙を描くところまできました。最後の仕上げです。

その日、ジョルジョの口から、アトスは一生暮らすにはふさわしい場所じゃないかもしれないという疑問がふいに出てきました。

「ここに生きているのは過去なんだよ」

ディミトリは、ジョルジョが思いをはっきり声に出すと、そう言ってほほえみました。

「君は未来の子だ。そして君の人生は、この聖山からさらに海峡を越え、遠く大都市イスタンブールへと君を運んでいくだろう。ここで見つけたものを心にとどめておきなさい、きっと役に立つから。

外の世界は時間のなかで生きているが、わたしたちはここで、永遠のなかに生きている。でも君は時間と永遠、その両方のなかで生きることを身につけなければならない。だからこそ、自分の道を進まなければいけないんだ」

翌朝、目を覚ましたジョルジョは、ストーブにかかっていたコーヒーを飲み、仕上がったばかりの絵を見ようとイーゼルにゆっくり近づきました。そのとたん、彼はびっくりして自分の絵の前に思わずかがみこみました。

昨日、聖母の涙を描いたところに、なんと水のしずくがあるのです。そこから濡れた細い流れがイコンの下までできていましたが、それで絵が傷んだ様子はありませんし、絵具もにじんではいないようです。ジョルジョはディミトリ神父を手招きしました。

年上の画家は水の滴りをしばらく見つめると、若者の方に向き直り、片手を差し出しました。

「ここでの君の仕事は終わったな」

ディミトリは言いました。

「褐色の聖母様が君を受け容れてくださったんだ。愛の道とも呼ばれる、コンヤへの旅を続ける時が来たようだね。自分を守るのに必要なのは注意深さ、頭をハートと一つにするような注意深さだけだ。そのほかについては、君は確かに祝福されている。これからは、たとえどんなに深い闇のなかにいるように思えるときでも、聖母様がいつもいっしょにいてくださるんだから。覚えておきなさい、ジョルジョ。見守り、そして言葉のない祈りを祈るんだ」

ジョルジョは、自分が本当に祝福されているとわかっていました。そして次の日の朝、ディミトリ神父に別れを告げて、コンヤへの旅路につきました。ディミトリは、若者が道を曲がってしまうまで見守っていましたが、やがて姿が見えなくなると、部屋に戻って絵筆をとりました。

21

ジョルジョは聖山の港ダフニまで下り、そこから本土へ向かう船に乗りました。海は荒れて三角波が立っていたので、ようやく港に着いたとき、彼は真っ青な顔をしてガタガタ震えていました。

岸に上がると、ちょうど娘たちが二、三人、頭をのけぞらせて楽しそうに笑いながら波止場を通り過ぎてゆくところでした。彼女たちの長い髪が風に揺れています。女性を見るのは何か月ぶりでしょうか。

でも、それは世界でもっとも普通の、ごくありふれた光景のように感じられます。普通でいて美しい……。娘たちが人ごみのなかに消えてゆくのを見送りながら、ジョルジョは思いました。

若いイコン画家は道を東にとり、トルコとの国境へと向かいます。褐色の聖母は背負っているかばんに大切にしまってあります。

歩きながら、ジョルジョは小さな声で歌を口ずさみました。子どもの頃よく聞いた歌、ここ何年もほとんど思い出すことのなかった賛美や哀しみの歌です。歌詞はわからないのですが、懐かしいメロディーがひとりでによみがえってきます。

足どりは軽く、ハートは穏やかでした。

22

ジョルジョは国境を越え、トルコに入りました。その昔、ギリシャ人の祖先の敵国だった地へ足を踏み入れるのは、今回が初めてのことです。イスタンブールへの道筋にあるエディルネ市には、日暮れの少し前に着きました。

男たちがカフェの外に寄り合い、こぞって水パイプをプカプカ吹かしています。人々はバザール（トルコではスークと呼びます）の狭い路地をせわしなく動きまわり、スパイスの香りが薪の煙と交じり合っています。宿屋の戸口に乞食が横になっていて、請うような目つきで手を伸ばしてきました。ジョルジョはいくらかの施しをし、ドアを押し開けました。

なかにいるのは男たちだけです。そのうちの二人は、アラブの民族衣装ジュラバ（フードが付いているコート風のモロッコの服）を身にまとっています。一人か二人、トルコの昔ながらの青い幅広ズボンをはいていますが、あとの男たちはそろって洋服姿です。

ジョルジョは最後に残った部屋をとりました。

ドアを閉め、ベッドに腰を下ろしたとたん、外のどこからか叫び声が聞こえてきました。礼拝の時刻になったことを知らせる人、ムアッジンが呼びかけをしているのです。今までこれほど耳にこびりついて離れない声を聞いたことはありません。

「アッラーフアクバル、アッラーフアクバル」

夜の闇に響きわたる声にジョルジョは胸を打たれました。涙があふれて、あっという間に頬《ほお》を伝っていきます。

「アッラーフアクバル……」気がつくと、いつのまにか自分でもつぶやいていました。今まで、アラブの言葉は一言も話したことがないのにです。神《アッラー》は偉大なり、神は偉大なり――あらゆる言語、あらゆる土地で、人々は神を讃《たた》えます。その夜、眠りに落ちながら、ジョルジョが最後につぶやいた言葉は「アッラーフアクバル、アッラーフアクバル」でした。

23

翌朝、ジョルジョが宿屋を出ると、昨日の乞食が戸口のそばで待っていました。

「だんな、昨日の晩はご親切様で」

ジョルジョが前を通り過ぎようとすると、男は言いました。

「わしなりにお返しをしたいんだ。音楽療養所《サナトリウム》にあんたを案内できたら光栄なんだが」

今まで音楽療養所《サナトリウム》なんて一度も耳にしたことはありません。この年寄りの乞食は頭がおかしいのでは、とも思いましたが、ふと、デルフィの守衛から聞いた優しさについての教えを思い出しました。そこでジョルジョは、どこへ連れていかれるのか知らぬまま、男のあとについて町の通りを抜けていきました。

市場《スーク》の路地を縫うように進んで反対側に出ると、ゆるやかな上り坂になっていて、建物はまばらになり、緑が多くなっていきます。目の前に大きな建物が現われました。横に伸びた翼部《ウイング》がいくつかあり、庭に囲まれていますが、その庭はいつのまにか顧みられなくなっているようです。

乞食は建物の真ん中にある八角形のパビリオンの方へ急ぎます。古い木の扉を押し開き、何も家具のない大きな白い部屋へジョルジョを案内しました。

見上げると、丸天井になっていて、うろこのある蛇が自分のしっぽを噛もうとしている姿が、ぐるりと描かれています。床は壁と同じ青白い石板。八面ある壁にそって石のベンチが設けられています。男はいっしょに座るよう身ぶりでジョルジョに勧めました。

すぐに何人かが入ってきて、二人と並んでベンチに座りました。乞食同然の者もいます。心を病んでいるような人もいて、友人が席まで連れていっています。しだいに石のベンチは、あらゆる階層の男女で埋まっていきました。最後に、白い衣に身を包んだ二人の男が入ってくると、丸天井の真下、床の真ん中に座りました。

二人の男は、丸くて白い帽子をかぶり、灰色の長い髭《ひげ》をはやしています。ひとりは、ウードと呼ばれるトルコの弦楽器《リュート》を、もうひとりは、ダルヴィーシュが儀式の際に好んで奏でるネイという縦笛を持っています。しばらく二人は黙って座っていましたが、やがて祈りの言葉を唱え、演奏を始めました。

音が丸天井へとかけ上り、まわりの壁を包むように広がって、八角形の建物全体を美そのもので満たしていきます。ジョルジョのハートの奥深いところで何かが動きだしました。

隣りの乞食は、目を閉じて幸せそうなほほえみを浮かべ、前や後ろにゆらゆら体を揺らしています。不安にかられていた人たちは静かになり、悲しんでいた者は元気づけられ、悩み疲れていた人々の顔は和らいでいきました。

しばらくのあいだ時の感覚を超えて、ミュージシャンたちは音楽を奏でました。ようやく二人がそれぞれの楽器を置き、建物から静かに出ていったとき、自分がどれだけそこにいたのかジョルジョにはわかりませんでした。体中の細胞が歌っています。力がみなぎって、何も怖くはありません。

「あの男たちはどういう人たちなの？」

ふたたび外に出たとき、彼は乞食にたずねました。

「メヴレヴィー教団のダルヴィーシュだよ」乞食は言いました。「メヴレヴィーはルーミーがつくった神秘家の教団で、あの二人は親切心から古代の音楽をふたたび演奏しはじめたんだ。この建物は昔、オスマン帝国中に知れわたっていた。心を病んだ人のための療養所《サナトリウム》で、音楽で治療していたのさ。何百年にもわたってダルヴィーシュたちは、音で感情を整えて癒す技を磨き、完成させていった。さまざまな楽器を使って短調の調べを奏で、心の病だけでなく、体の病まで治していたんだ」

乞食は少し言葉を切ってから、また話を続けました。

「癒しの力の大部分は、神への愛から生まれる。ダルヴィーシュは神に陶酔して忘我の境地に入り、聴き手は自分たちの病を忘れ、音楽に身をゆだねるんだ。今、あの男たちはその習わしを復活させることに決め、人々は癒しを求めてまたここへやって来ているわけさ」

そう言ったきり、男は無言で頭を下げました。そして向きを変え、町のほうへわき目もふらずに大股で歩み去っていきました。

24

ジョルジョはイスタンブールへの旅を続けます。ヨーロッパとアジアが出会い、争い、時にはとけ合う地、かつてコンスタンチノープルと呼ばれた大都市を目指して、街道を何日も歩きました。

その郊外までもまだずいぶんあるというのに、ブルーモスクやビザンチン様式のアヤソフィア大聖堂の尖塔《ミナレット》が、灰色のボスポラス海峡を背に針のようにそびえ立っているのが見えます。汽船が岸から岸へとくねるように進んでいます。船の汽笛が聞こえ、大通りもかすかに見えてきました。眼下の街ではいったいどんな喧噪《けんそう》が待ち受けていることでしょう。

街に入ってすぐ、友人のアンドロスがくれた住所を通りかかりの人に見せると、アジア側にある大きな屋根つき市場《スーク》へ行くよう案内されました。エディルネの市場《スーク》など、このイスタンブールのものに比べたらまるでままごとのようです。ごちゃごちゃと入り組んだ路地はまさに広大な迷路で、ジョルジョを圧倒しました。

ここではありとあらゆるものが売られています。通りごとに同業種の露店が並び、路地はどこも買い物客でごった返しています。乞食たちは施しを求めて叫び、女たちはスカートにまとわりつく子どもを連れて、せわしなく動きまわっていました。

足もとに帽子を置き、演奏するミュージシャンたち。男たちはというと、小さなテーブルのまわりに座って、トランプやバックギャモン〔西洋すごろく〕に興じています。トルココーヒーの甘い香りがたちこめ、行商人の売り声があたりを満たしています。

あのときからずっと、イスタンブールへ続く道を歩いていても、音楽療養所《サナトリウム》で感じた高揚感はジョルジョのなかにまだ残っていました。しかし、この市場《スーク》の喧噪のなかでは、それも潮が引くように消え、ジョルジョは見知らぬ異国の地で、孤独と戸惑いを感じはじめていました。

渡された住所は、市場《スーク》の楽器売りが集まっている一角を指しています。彼が探しているのはハッサン・シュシュドという人物です。シュシュドは縦笛《ネイ》の名匠だと、アンドロスは言っていました。道をたずねてはその度に違うところを案内され、ジョルジョは路地を何度も行ったり来たりしましたが、ようやく楽器の店ばかりが並ぶ一角にやって来ました。

訊《き》いてみると、ハッサン・シュシュドのことを知っている者はひとりしかいません。その男が言うには、ハッサンはしばらく前に露店を市場《スーク》から移してしまい、今は個人客だけを相手に自宅で商売をしているといいます。

「ハッサンがどこに住んでいるかはわからんが…」ハキームという名の男はそう前置きしてから、「もしあんたさえよければ、おれのところに泊まってくれてもかまわんよ。遠方からはるばるやって来たんだし、縦笛《ネイ》の好きなやつなら、だれだっておれの友達みたいなもんだからな」と申し出ました。

ジョルジョは、この街は大きいうえに不案内なので、今夜泊めてもらえるなら本当にありがたい、と礼を言いました。

二人でお茶を飲んだあと、ハキームはギリシャの若者を連れて迷路のような路地を抜け、暗い裏通りにやって来ました。あたりにはヤギの血のにおいがプンプンしています。

「神に願いごとをする連中が生贄《いけにえ》をささげる場所だ」

ハキームの口元が突然ゆがんで、にやりとしました。

「敬虔《けいけん》な信者がここでヤギを殺させ、近くのモスクに行って祈りをささげるのさ」

石畳の通りをいくつも抜け、ようやく一軒のあばら家の前でハキームは立ち止まりました。ジョルジョになかへ入るよう手招きします。階段を上ると一つ部屋があり、ぼろぼろの毛布をのせたベッドだけがぽつんと置かれていました。

ハキームは「おれは一階にいる。朝になったら起こすから」と言って出ていきました。

地湧社の本

「地湧」とは

私たちを育んできた大自然の中で、自然と人、社会と人、人と人が触れあう環境が、次第に生命を亡ぼす方向に進んでいることは、誰の目にも明らかです。いま、人間の手で加工し尽くされた現代文明の下で、人々は疲れ切っています。この人々が甦るには、汲み置きの水ではなく、地から湧きたての生きた水が必要なのです。

そして、これを呼び水として励まし合い、ついには自らの井戸を掘り当て、人間には想像以上の深いいのちの智慧があるのだと気づくことができたら、どんなにすばらしいことでしょう。

この姿を象徴して「地湧」という名が生まれました。

魂の声を聞く

アウト・オン・ア・リム
愛さえも越えて

シャーリー・マクレーン／山川紘矢・亜希子訳◎女優である著者が、神秘体験の数々を通して、名声や愛さえも越えた自己に目覚めてゆく過程を綴った好評のノンフィクション。　▼本体1500円＋税／四六判並製

ダンシング・イン・ザ・ライト
永遠の私を探して

シャーリー・マクレーン／山川紘矢・亜希子訳◎自らの転生の記憶を辿る体験を通じて、恋人や家族との問題を探りながら「大いなる自己」と対話する。『アウト・オン・ア・リム』続編　▼本体1600円＋税／四六判並製

オール・イン・ザ・プレイング
私への目覚め

シャーリー・マクレーン／山川紘矢・亜希子訳◎『アウト・オン・ア・リム』のTV映画製作現場の人間模様を通して、人生という芝居の中の自分の役柄に無限の可能性を見出してゆく。▼本体1600円＋税／四六判並製

風を追いかけて

シャーリー・マクレーン／山川紘矢・亜希子訳◎女優を夢見た幼い日からスターへの道のり、そして人生観を変えるに至ったアフリカやブータンへの旅の体験を綴った若き日の自伝。　▼本体1500円＋税／四六判並製

ゴーイング・ウイズィン
チャクラと瞑想

シャーリー・マクレーン／山川紘矢・亜希子訳◎肉体と精神のバランスを司るチャクラの使い方や、様々な瞑想法を解説。宇宙と人間の調和を語った自己変革のための実践ガイド。　▼本体1600円＋税／四六判並製

ダンス・ホワイル・ユー・キャン
いまを輝かせて

シャーリー・マクレーン／山川紘矢・亜希子訳◎映画とステージに専念する日々の活動を綴り、家族との深い絆を確かめながら、いのちという大いなる時間の流れを探り当てる。　▼本体1600円＋税／四六判並製

ホワイトホール・イン・タイム
進化の意味と人間の未来

ピーター・ラッセル／山川紘矢・亜希子訳◎生命進化・頭脳進化を経て、人類は今、意識進化へ向かう。ホーキングから瞑想まで視野に入れつつ、来るべき時代の方向性を展望する。　▼本体2200円＋税／四六判並製

パウロ・コエーリョ／山川紘矢・亜希子訳◎スペインの羊飼いの少年が夢で見た宝物を探してエジプトに渡り、砂漠で錬金術師の弟子となる。旅はいつしか自己探求の旅となって…。

▼本体１４５６円＋税／四六判上製

星の巡礼

パウロ・コエーリョ／山川紘矢・亜希子訳◎パウロは、師ペトラスに導かれてピレネー山脈からサンチャゴへと巡礼の道を旅する。それは大いなる智慧に行き着くための旅であった。

▼本体１８４５円＋税／四六判上製

ピエドラ川のほとりで私は泣いた

パウロ・コエーリョ／山川紘矢・亜希子訳◎幼なじみに愛を告白され、29歳のピラールの運命は大きく変わり始めた。神の女性性、真実の愛の力を語る詩情豊かで神秘に満ちた物語。

▼本体１７００円＋税／四六判上製

なまけ者のさとり方

タデウス・ゴラス／山川紘矢・亜希子訳◎宇宙や愛の意味とは何か、難行苦行の道とはちがい、自分自身にやさしく素直になることで、さとりを実現する方法を具体的に語る。

▼本体８００円＋税／四六判並製

ヘェメヨースツ・ストーム／阿部珠理訳◎平原インディアンの人々が幾世代にもわたって巻き込まれていった白人との戦いを背景に、彼らのスピリットを教えるたくさんの物語がちりばめられた死と再生の一大叙事詩。

Ⅰ　聖なる輪の教え　▼本体２２００円＋税／Ａ５判変型上製

Ⅱ　心の目をひらく旅　▼本体２３００円＋税／Ａ５判変型上製

Ⅲ　よみがえる魂の物語　▼本体２５００円＋税／Ａ５判変型上製

ネイティブ・タイム

先住民の目で見た母なる島々の歴史

北山耕平◎日本列島の先住民たちのスピリットを太古から現代まで追う、新しい視点の「日本史」。自分のルーツと向かい合い、これからの時代を生きる自分の道を見出すための書。

▼本体４８００円＋税／四六判上製

もういいよ

人格と魂が結ばれるとき

神かつ子◎誰もが日常生活で経験する出来事を、この世を生きる人格と宇宙と直接つながる魂が自分自身の中で再び結ばれる旅として描く。新しい時代の全景がシンプルに語られる。

▼本体１５００円＋税／四六判並製

自分を知る

坐禅はこうするのだ
師から見た参禅修行者の姿

井上希道◎坐禅指導者としての辛口な視点で、日を追って心境変化する参禅者の様子を心の内と外から立体的に描写することによって、参禅修行の要である着眼点を描写する。

▼本体１９００円＋税／Ａ５判並製

続・坐禅はこうするのだ
少林窟道場参禅記

井上希道◎三名の参禅者の体験談を通して参禅の要に迫るとともに、著者が自らの体験をもとに釈尊・達磨・道元から今に単伝する禅の系譜を解き明かす。

▼本体２２００円＋税／四六判上製

安静道
知の闇を抜ける

斉藤峻◎自分の内に潜む《もう一つの心》に翻弄されて苦しむ体験を経て得られた心の本質とは。知識と理性に行き詰まった現代人の「知」の壁を突き破る。

からだは宇宙のメッセージ

青木宏之◎人間のからだを謙虚に学べば、そこに宇宙の真理がある。からだを思いきりひらいて、自然な動きを導き出す「新体道」は、全生命が一体であることを証明する。

▼本体１６００円＋税／四六判上製

心の治癒力
チベット仏教の叡智

トゥルク・トンドゥップ／永沢哲訳◎私たちが日常的に感じる精神的な苦痛や病気の痛みを、どう受け止め、手放し、自由に生きることができるか。チベット仏教の癒しマニュアル。

▼本体２５００円＋税／四六判上製

意識の進化とＤＮＡ

柳澤桂子◎自己・自我、意識・無意識など人間探究の鍵となるテーマに生命科学の視点から新しい考え方を示し、さらに人間の意識・精神が進化する方向性を導き出す。

▼本体１４００円＋税／四六判並製

もう一つの人間観

和田重正◎「欲望の束」と「知的営み」を兼備した生物——この人間の姿を生物進化の途上でとらえ、人間存在の根本を解き明かす。人間の明日の生き方を示唆する書。

からだと心の健康

わらのごはん

船越康弘・船越かおり◎本当の自然食とは、その土地の自然の恵みを、感謝を込めて、そして何よりもおいしくいただくこと。四季折々の食材を最大限に生かす家庭料理のレシピ集。

▼本体３０００円＋税／Ｂ５判並製

玄米家庭料理

馬淵通夫・恭子◎一般家庭の食卓に無理なく玄米を取り入れるための玄米食入門書。玄米に合う四季の献立とその調理法に加えて、バランスのよい献立づくりのコツを紹介する。

▼本体１２００円＋税／Ａ５判並製

ヒーリング・ベジタリアン
気軽に楽しむ世界の野菜料理

ジョンポール・ウェーバー／瀧野斗音子訳◎楽しくて体にやさしい野菜・豆・穀物中心のエスニックレシピ集。著者の東洋的な健康観をベースにしたヒーリングと食の解説付き。

▼本体１６００円＋税／四六判並製

真弓定夫◎現代の生活環境の中で健康な子を育てるために、投薬や注射をせず、まず子どもの体に自然を取り戻す方法をアドバイスするユニークな小児科医の子育て助言集。

▼本体１２００円＋税／四六判並製

丸くゆっくりすこやかに
健康に生きる知恵

吉丸房江◎両親をガンで亡くし、現代医学に疑問をもった著者は、独自の健康道場を始めた。病気を治すのは薬や機械ではなく自分自身だけ、とユーモアあふれる筆致で綴る。

▼本体１５００円＋税／四六判上製

自然に生きる
東城百合子の健康哲学

東城百合子◎自然食による健康運動の第一人者である著者が、現代医学に頼らずに重い肺結核を克服した経験をもとに、自然に沿う生活とは何か、健康な心とは何かを語る。

▼本体１６００円＋税／四六判上製

からだと心を癒す30のヒント

樋田和彦◎ストレスや病気に効く癒しのガイドブック。様々な病気をユニークな診療で治してきた癒しの達人が、そのコツと具体的な方法を解説。

▼本体１５００円＋税／Ａ５判変型

地湧社の情報月刊誌「湧」をぜひお読みください。

月刊［湧］

B6変型判一六頁／直接申し込みの定期購読制

年間購読料一、五〇〇円（税・送料込み）

これまで地湧社から出版された本、また、これから刊行される本のテーマを独自の切り口で読者の皆様にお届けします。さらに各種催し物をいちはやくご案内いたします。◆**見本誌差し上げます。**

◇お申し込み方法

郵便振替（口座・00120-5-36341）か現金書留にて年間購読料をお送りください。

地《ぢ》湧《ゆう》社

〒101-0042　東京都千代田区神田東松下町十二-一

☎03-3258-1251／FAX03-3258-7564

URL http://www.jiyusha.co.jp

◇書籍のお求めは……

◆ご注文はなるべくお近くの書店へお願いいたします。

◆直接小社にご注文の場合は、著者名・書名・冊数及びご住所・お名前を明記の上、本体価格に消費税と発送手数料を加えてご送金ください。

◆発送手数料（一九九八年八月一日改定）は、本体価格合計が三〇〇〇円未満の場合は三五〇円、三〇〇〇円以上五〇〇〇円未満は四〇〇円、そして五〇〇〇円以上一〇〇〇〇円未満は四五〇円です。

◆本目録に表示された定価は、二〇〇三年三月現在のものです。諸般の事情により、今後定価が変わることもあります。ご了承ください。

A-0304-13000

ジョルジョはベッドに座り、がらんとした部屋を見まわしました。フィレンツェを離れてから一度も味わったことのない寂しさを感じます。すっかり遠くまで来てしまったからかな、喜びも冒険ももう十分なほど経験してきたし、と彼は思いました。

父や友人のアンドロスの顔が浮かんできます。僕が恋しいのと同じように、二人とも寂しがっているだろうなぁ……。物思いにふけりながら、ジョルジョは服を脱ぎ、肩掛けかばんをベッドのそばに置きました。が、ちょっと考えてからまたかばんをとり上げると、枕代わりに頭の下に押しこみ、あとは深い眠りに落ちていきました。

夜明けとともに、ジョルジョはハッとして目を覚ましました。部屋のドアが開いていて、差しこんでくる朝日で、ほこりが何千と舞っているのが見えます。

身をかがめて服をとると、ポケットがひっくり返されているではありませんか。時計や財布、お金もすっかりなくなっています。背筋が寒くなりました。見知らぬ街で一文なし、だれも知っている人はいないし、自分がどこにいるのかさえよくわからないのです。

ドキッとしてふり返り、かばんを開けました。褐色の聖母はそこにありました。その顔には涙の流れた跡がまだ残っています。

彼女の顔をじっと見つめているうちに、ジョルジョは気持ちが落ち着いてくるのを感じました。

25

ジョルジョは服を着て階段を下り、一階のドアを開けました。なんと部屋は家畜小屋として使われていました。壁にはヤギが二、三頭つながれています。

ジョルジョは通りに出て、昨夜来た道をたどるように坂を下り、狭い路地でさんざん迷ったあげく、やっと大通りに出ました。

通りの角を見ると、小鳥を派手な色の鳥かごに入れて売っている男に、エディルネの宿で見かけた二人のアラブ人が話しかけています。

二人はジョルジョに気づいて笑顔になりました。どこへ行くのかとたずねます。

ジョルジョは昨夜起こったこと、そしてハッサン・シュシュドという人物を探していることを説明しました。

すると、小鳥売りが顔を上げ、静かに言いました。

「ハッサン・シュシュドなら知ってるが、会いたがってるのはだれだい？」

ジョルジョはかばんのなかから、紹介状をとり出して小鳥売りの男にさし出しました。男は目を通すと、それをまたきちんとたたみ、ジョルジョに返しました。

「ハッサンはバザールで縦笛《ネイ》を売ってるよ」彼は言いました。

「でも、大きい方のバザールじゃない。彼の店は、古いほうの市場《スーク》の楽器街にある。君は新しい方の市場《スーク》で迷ったというわけさ。そっちはほんの百年前に建てられたばかりだが、元のよりもずっと規模が大きいからね。息子に案内させよう。すぐ行ったほうがいい。今日は金曜日だから、ハッサンはモスクに早く出かけるんだ」

ジョルジョは男に礼を言い、二人のアラブ人と握手を交わしてから、小鳥売りの男の子のあとについて人ごみのなかへ入ってゆきました。

26

迷路のような路地を抜け、ジョルジョはほとんど走るようにして、少年のあとをついてゆきます。ようやく少年は、縦笛《ネイ》やほかの楽器が積み重ねられている一軒の店の前で立ち止まりました。

男が二人、お茶を飲みながら談笑しています。少年は身をかがめて、そのうちのひとりの耳元にささやきかけました。

ハッサン・シュシュドがジョルジョを見上げます。軽く頭を下げるようにしてジョルジョはあいさつし、アンドロスがハッサンにあてた手紙をかばんからとり出しました。

「もう何年もアンドロスには会ってないな」

読み終えた手紙を片側に置きながら、ハッサンは言いました。

「彼のことは深く尊敬している。もちろん君を歓迎するよ。手紙によると、君はルーミーを追いかけているそうだね」

ジョルジョは二人の男に旅のいきさつを語り、自分が触発された詩のフレーズを暗唱しました。そして、昨夜金を盗まれてしまったこと、それでもなんとかコンヤへ行きたいと思っていることも話しました。

ハッサンは、この若者が気に入りました。若者の体をまるでやわらかい光が包んでいるかのように、彼から気高さが伝わってきます。言葉では言いつくせないものが彼の内に秘められているようです。ハッサンはジョルジョを、その夜行われるセマーに誘いました。

セマーとは、メヴレヴィー教団のダルヴィーシュが神に愛をささげる、踊りと音楽の儀式です。彼は、自分と友人のアリ・ベイもメヴレヴィーのダルヴィーシュであり、ダルヴィーシュはスーフィーとも呼ばれている、と説明しました。

「スーフィーとは何ですか?」

ジョルジョがハッサンにたずねます。

年配の男は少し黙っていましたが、やがて語りはじめました。

「スーフィーは神を愛する者。あらゆる名前を超えた実在に、ハートと魂をささげる者たちのことだよ。スーフィーはイスラム教の神秘家なんだ。わたしたちは最愛の方と一つになろうとしている。そのお方に、どうかわれわれの魂の部屋に下りてきてください、とお願いしているんだ。ダルヴィーシュとも呼ばれるスーフィーには、たくさんの教団がある。

それぞれの教団は、偉大な聖人やシャイフ〔教主、導師〕の霊感によって興されてきた。わたしたちの教団はメヴレヴィーと呼ばれている。メヴレヴィーでは、音楽と踊りが最愛の方と一つになる王道なんだ。音楽にのって踊りつづけることで、深い忘我の境地に入り、時にはそこから二度と戻ってこない者もいる。わたしたちの開祖はジャラールッディーン・ルーミー。だからアンドロスは、わたしのところに君をよこしたんだろう」

ハッサンはほほえみました。

「では、今夜わたしを誘ってくださったセマーというのは？」

ジョルジョがたずねます。

「その時になれば、わかるよ。あの小鳥売りの息子に、父親のムハンマドのところまでまた送っていかせよう。そこで食事をしてから、支度したらいい」

27

ムハンマドも、メヴレヴィー教団のスーフィーです。夜になると、ジョルジョを案内して通りを抜け、セマーの行われる場所へと向かいました。旧市街の一角にある、高い塀で囲まれた庭の外で立ち止まり、ムハンマドは厚い木の扉をたたきました。

扉を開けたのは、あご髭《ひげ》を生やし緑色のトルコ帽をかぶった小柄な男です。右腕を胸に当て会釈をして出迎えてくれました。

庭の中央に古い木造の家があり、正面の扉は奥の大広間に通じていました。その真ん中には古いストーブが、一隅に大理石の噴水があります。ジョルジョはしばし立ち止まって、壁のあちこちに描かれたみごとな飾り文字《カリグラフィー》に見とれていました。

「神の九十九の名前だよ」

ムハンマドが教えてくれます。

「われわれにとって、最大の献身、最高の美は、この世をお創りになった神の業《わざ》だ。われわれは、見習うべき神の業を、芸術で讃《たた》えようとしているんだ」

「ここがシャイフのお住まいだ」

木の階段を上り、二階にあるセマー・ホールにジョルジョを案内しながら、ムハンマドが言います。

「もう三百年以上も集会所として使われている。彼の家は代々、教団のシャイフをつとめているんだ」

セマー・ホールに着くと、ジョルジョはすぐにそこがスーフィーの踊りの場だということに気づきました。すでに五十人ほどの男たちが集まっています。

彼らはみな白くて長いスカートをまとい、円筒形のフェルト帽をかぶっていました。左足を軸にして、すでにゆっくりとまわっている者もいます。両腕を胸の上で交差させ、頭《こうべ》を垂れて、反時計まわりに旋回しています。

ミュージシャンたちはホールの端に集まっていました。壁には、美しいトルコ絨毯《じゅうたん》がかけられ、向こうの壁ぎわには、アラビア語で大きな銘が刻まれた立派な椅子《いす》があって、黒衣に身を包んだターバン姿の男が座っています。ジョルジョは思わずその顔を見つめてしまいました。それはハッサン・シュシュドだったのです。

ムハンマドは、若者と女性が何人か座っているそばに腰を下ろすよう、身ぶりでジョルジョに勧めました。ムハンマドが緑色の絹の包みからウードをとり出し、ミュージシャンの列に加わると、すぐに演奏が始まりました。

長く響く、どこまでも甘く悲しげな音が漂い、あたりを満たしていきます。愛する者とあまりにも長く離れ離れになっている恋人の悲しみです。

一列に長く並んだ、フェルト帽に白いスカート姿の男たちは、両腕を胸の上で交差させ、うつむいたまま、ハッサンの座る椅子のところまですり足で順々に進んでいきます。彼の前に来ると、男たちは深くお辞儀をし、それから向きを変えて白い帽子の男にもお辞儀をしました。舞踊教師です。彼はホールの中央に、おごそかな面持ちで静かに立っています。

男たちは両目を閉じ、左足を軸にして、ゆっくりとまわりはじめました。くるくるまわりながら両腕を大きく広げ、右の掌《てのひら》は天に向け、左の掌は地に向けています。

こころもち頭を左に傾け、踊り手たちは部屋中を旋回していきます。最初はゆるやかに、そしてだんだん速度が上がります。音楽が彼らの体を持ち上げ、まるで空中で踊っているかのようです。白い帽子の男は、ゆっくりと彼らのあいだを歩きながら、こちらでひとり、あちらでひとりと、穏やかな仕草で踊り手に優しく触れていきます。

天使のように軽やかに旋回する男たちは、激しく動いているのに、お互いの体をかすりさえしません。踊り手のひとりは、まだほんの八歳か九歳ぐらいでしょうか。かと思うと、八十はゆうに越えていると思われる者もいます。

彼らと同じ表情を、ジョルジョは今までに一度だけ見たことがありました。サンマルコ美術館のフラ・アンジェリコのフレスコ画に描かれた弟子たちの表情です。

そのときに感じたのと同じ驚きのようなものが、今また胸によみがえってきました。目は開いているものの、ジョルジョはほとんど気絶したような状態にありました。何か考えている形跡もまったくありません。

ほとんどわからないほどさり気なく、ハッサン・シュシュドは若者のほうを見やりました。そのダルヴィーシュの目が、かすかに笑ったようでした。

何時間ぐらい経ったでしょうか。ジョルジョはまったく覚えていません。音楽の調べは高くなり低くなり、また高く舞い上がって、やがて踊り手たちは、ひとりまたひとりと踊りの輪から離れ、白い帽子の舞踊教師、続いてシャイフのハッサン・シュシュドに深くお辞儀をし、元のように部屋の片側に一列に並びました。

音楽はしだいに小さくなり、ホールはふたたび静かになりました。

「踊りたい…」ようやく我に返ったジョルジョはつぶやきました。

「僕もダルヴィーシュたちといっしょに旋回してみたい」

28

次の朝、濃いミントティーを飲みながら、ムハンマドがジョルジョに言いました。

「この家に住みこんで、安い賃金だが、旅費がたまるまで店で働いたらどうだい。店は忙しいから、手伝ってくれるとありがたいよ」

トルコの家庭では、鳴き鳥やおしゃべりする鳥をかごに入れて飼うのが習慣になっています。とりわけ黄色のカナリヤは、天使を近くに連れてくると言われていました。

ジョルジョは喜んでその申し出を受けました。イスタンブールには、大きなギリシャ人のコミュニティーがあるので、必要なら絵の仕事を見つけることもできましたが、店に出て働けば、イスラム世界で多くのことを学ぶチャンスになると直感したのです。

ジョルジョは市場《スーク》沿いの表通りで、鳴き鳥を売りはじめました。鳥の見分け方や、健康状態、歌の良し悪し、羽毛の質の調べ方も覚えました。ギリシャ人の若者は、この新しい仕事が楽しくてなりません。

店の売り上げも伸びはじめ、ムハンマドは喜んで、すぐにジョルジョの賃金を上げてくれました。

29

それから数週間にわたって金曜日ごとに、ジョルジョはムハンマドと連れ立ってセマーに出かけました。最初の夜と同じように、座ってじっと見ているだけですが、いつも我を忘れてうっとりしてしまいます。

ある晩のこと、ダルヴィーシュの面々がそろそろ帰ろうとしていると、ハッサン・シュシュドがジョルジョの方へ歩み寄ってきました。

「愛の道に惹きつけられているようだね」ハッサンは言いました。

ジョルジョは言うべき言葉が見つからず、黙っています。

「水曜と日曜、心から学びたいと願う者たちにセマーを教えている。今度の日曜日に来たらよい」

いつになくおごそかな口ぶりで、市場《スーク》で出会った人とは別人のようです。ジョルジョはうなずきましたが、それはほとんどお辞儀に近いものでした。

二日後、ジョルジョはセマー・ホールに四人の若者といっしょにいました。二時間かけて舞踊教師は、呼吸の流れにそって意識をどうやって胸に下ろすかを教えてくれました。「これは、頭をハートに下ろすことだ」教師は言います。

「軸さえしっかりしていれば、旋回できる。コマも、地球も、銀河系さえも同じ理屈だ。ダルヴィーシュには軸が必要だ。動かない中心がいる。ダルヴィーシュにとっての軸は、ハートに錨《いかり》を下ろした神への愛だ。深い愛を感じなければ、舞踊は虚ろなただのパフォーマンスになり、だれの役にも立たないものになってしまう」

ジョルジョはディミトリ神父のことを思いました。彼も、頭をハートに下ろすということを言っていたからです。

徐々にですが、その後数週間、若者たちは回転の仕方を教わりました。左足は床につけたまま、右足で床を短く蹴って回転をつけ、膝《ひざ》のところまで上げる、それをくり返すのです。最初のうちは、何回かまわると、すぐに眩暈《めまい》がしたり気分が悪くなったりしました。要は意識を下ろすことだ、と舞踊教師は言いました。頭の意識がハートへ深く下りてくればくるほど、体もだんだんその動きにかき乱されることがなくなります。

若者たちが旋回のコツを飲みこみはじめると、舞踊教師はミュージシャンを連れてきました。ジョルジョにも、少しずつ教師の言おうとすることがわかりかけてきます。音楽が体の内へと注意を向けさせ、頭で考えることから、「正しく踊っているだろうか、間違っていないだろうか」と思い煩うことから、遠ざけてくれるのです。何かやわらかくて、温かいものを胸に感じました。音楽の調べに身をまかせればまかせるほど、胸の感覚は深まっていきます。

何週間かすると、ジョルジョは内を見守る目をもつということがどんなことなのか、わかるようになっていました。光が体を満たし、空中で踊っているような気持ちになるのです。

30

そうこうするうちに、ジョルジョはトルコ語を覚えはじめました。ムハンマドや、ときにはハッサン・シュシュドとも、ダルヴィーシュの「道」についてしばらく語り合ったりします。

二人は、自分たちがそれぞれの父親を通してどのように教団に入ったかを話し、彼らの家系が代々メヴレヴィーに属していることを教えてくれました。

ムハンマドによると、ハッサン・シュシュドは、イスタンブールのスーフィーたちのあいだで、偉大な師として知られているそうです。彼はメヴレヴィー教団だけでなく、ベクターシュ教団やヘルヴェティー教団のシャイフでもあるのです。

若い頃のハッサンは、導師の家で何年も過ごし、ほとんど外に出ることもなく、静寂のなかで長い修行に打ちこんだといいます。目に見えない世界からのヴィジョンや恩寵《おんちょう》にも、数多く恵まれてきました。

ハッサンには人の魂が見え、その人の未来がわかると言われています。スーフィーがバラカと呼んでいる、霊的な力が備わっているのです。弟子が絶えず霊的に向上するよう、心のなかの障害をとり去ることができる力です。まわりの人々に安らぎをもたらす甘美な優しさが、その存在そのものからにじみ出ていました。

「それほどの方が、どうしてバザールで縦笛《ネイ》など売っているんです?」

ある晩の夕食後、ジョルジョはムハンマドにたずねてみました。

「仕事はスーフィーにとって、祝福なんだ」ムハンマドは答えます。

「第一に、仕事はわれわれを謙虚にしてくれる。謙虚さは、あらゆる美徳のなかでもっとも大切なものだが、働けば、自分もほかのみんなと同じだと忘れないでいられるからね。仕事は、われわれを普通の人たちに結びつけてくれるから、ありがたいものなんだ。

それから仕事をするとき、やっていることに注意を向ければ、天上と地上を一つにすることができる。心をこめて縦笛《ネイ》をつくり、小鳥を扱うとき、何かが神の創造物に加わるんだ。われわれが注ぎこむ意識によって、その物質は一段と高められ、よりすばらしいものになる。そうやってわれわれは、物質世界を神とともに創る者となり、物だけでなく自分自身をも霊的な領域、愛の領域へと高めるんだよ。

だから、ハッサンは死ぬまで縦笛《ネイ》を作りつづけるだろう。彼は目に見えない世界と同じくらい、この地上の世界を愛しているんだ」

「ではムハンマド、あなたもハッサンも、ほかの人たちも、みんな奥さんがいます。ほとんどのスーフィーは家庭をもっています。家庭生活のさまざまな世話や責任に気をとられて、修行の妨げになったりしないんですか?」

ムハンマドは若者の質問にほほえみました。

「われわれスーフィーには、修道院といったものはない」彼が答えます。

「われわれにとっては、日々の暮らしそのものが神聖なんだ。実在のあらゆる次元にそれぞれの役割があり、それぞれが讃《たた》えられ、敬意を払われなければならない。あらゆるものが神であり、神の一部なんだから。もし君がこうした姿勢、心構えでいるなら、日々の暮らしが霊的な献身となる。一家の長として家族の面倒をみるのは、わたしの喜びなんだ。セマーでウードを弾くのと同じように、それも霊的な愛の表現なんだよ。形が違うだけで、神の恵みを味わうことに変わりはない」

その晩おそく、ジョルジョは部屋でひとり、ムハンマドの言った言葉を思い返していました。フィレンツェで暮らすアンドロスのことだけでなく、アトスにいるディミトリ神父のことまで浮かんできます。

二人とも、それぞれやり方は違いますが、ムハンマドの話していた精神で生きているのではないでしょうか。定められた規範に従うよりも、自分の内奥から聴こえる真実の声に従って暮らしているのです。

いつものようにその夜も、ジョルジョはかばんから聖母像をとり出すと、ロウソクを灯してそのそばに座り、長いあいだ内側に深く耳を傾けました。

眠りに落ちる前、自分がハッサン・シュシュドに聖母像を持っていくことが、はっきりわかりました。

31

あくる日の夜、仕事を終えてから、ジョルジョはかばんを持ってハッサン・シュシュドの家へ向かいました。庭の門をたたくと、緑のトルコ帽をかぶったハッサンの侍者が出てきて、なかへ入れてくれました。木造の家に近づくにつれ、詠唱している男たちのやわらかな声が聞こえてきます。

数人のスーフィーがハッサンをとり囲むように座っています。ジョルジョは静かにその輪に加わり、床に腰を下ろしました。

歌声がゆるやかに消えていくと、ハッサンは一冊の本をとり上げ、表紙に接吻してから、そのなかの一行を読み上げました。

愛は、神が与えたもう贈りものをすべて分かち合う。

読みながら、ハッサンの目はしっかりとジョルジョをとらえています。

ジョルジョはしばらく黙って座っていましたが、やがてかばんを開け、覆いを注意深く解いて、褐色の聖母像をとり出しました。部屋にいる男たちが興味深げに身を乗り出します。みながじっと見つめていると、聖母の目じりに小さな涙がたまりはじめました。

シャイフは祈りの言葉を唱え、ほかの者もそれに続きます。明かりがほの暗くなり、男たちは床に額を押しつけました。

ジョルジョの胸を、何か温かいものが炎のように通り過ぎていきます。同時に体の奥から何か聞こえてきました。大きなハープの弦が震えているような、長くのびる単音の響きです。

「わたしの祖父の時代から百年ものあいだ、この日のために祈れとわたしたちは言われてきたんだ」ハッサンが言います。

「シャイフだった祖父はあるとき夢を見た。その夢によると、この家がキリスト教の聖母の涙で祝福されないかぎり、わたしの代で血筋がとだえてしまうというんだ。シャイフの血筋は、三百年にわたってとぎれることなく続いてきた。妻はまだ子どもを産んだことがないが、聖母様のお助けにより、じきに身ごもってくれるだろう」

ハッサンはジョルジョの前に身をかがめて、イコンを持ち上げました。それを顔の前にしばらく掲げ、頭《こうべ》を垂れます。それから若者の手にイコンを返し、感謝をこめて、白く細長いロウソクをともしました。

「この褐色の聖母様は、わたしがしまっておくべきものじゃない」彼は言いました。

「わたしのところに連れてきてくれただけで十分だ。彼女にはすでにふさわしい持ち主がほかにいる。大事に守るんだよ、ジョルジョ。彼女の本当の家が見つかるまで」

32

数週間が数か月になり、ジョルジョはイスタンブールの外の世界のことは、ほとんど忘れていました。ときおりコンヤへの旅路に思いをめぐらし、なぜ自分の旅がまだ終わっていないのかを考えたり、フィレンツェにいる父やアンドロスを思い出しては、メッセージを風に預けます。しかし、おおむね今の新しい世界、踊るダルヴィーシュと鳴き鳥たちに、ジョルジョは夢中でした。ですから、景色のなかにブルーモスクの尖塔《ミナレット》が見当たらない世界のことは、どこか夢のようでもあったのです。

ハッサン・シュシュドは、ジョルジョが自分たちの修行法を苦もなくとり入れてしまったことに、鋭く気づいていました。若者の進歩を見守りながら、彼は折にふれジョルジョを家に呼び出しました。

二人でただ黙って座っているだけのこともあります。そんなとき、ジョルジョには今まで耳にしたことのない何かが聞こえることがありました。あるときなど、アッラー、アッラー！　と絶叫する声が確かに聞こえました。部屋はその声であふれんばかりです。思わずハッサンのほうをチラッと見ましたが、シャイフは座ったまま何ごともなかったようにお茶をすすっています。またあるときには、甘美な歌声がはっきりと聞こえました。けれども、窓は閉まっているし、家には自分たち二人しかいないのです。

ハッサンはときどき「何か質問はないかね」とたずねてきますが、何も浮かばないことがよくありました。すると沈黙がふたたび始まります。この静寂の時間を愛するようになっていたジョルジョには、言葉でそれを破るのが野暮に思えました。

でも、もしかしたら怠けているだけなのかもしれない…何かしたり、何か言ったりすべきじゃないか、と思うこともたまにないではありません。

ある日、その気持ちをハッサンに打ち明けました。

「人はよく、自分のしていることで自分自身の価値をはかろうとするものだ」

ハッサン・シュシュドが答えます。

「何か考えるか、何かするか、とにかく何かをやっていないと、生きている実感がもてなくなってしまう。何もせずにいることは、自分自身の虚《うつ》ろさの現われであるかのように感じて、心配になるんだ。だから人は、自分にあいた穴をもろもろの言葉や行動で埋めようとする。自分がとるに足りない人間だとは、だれも思いたくないからね」

「だが、スーフィーにとって、沈黙は無上の喜びなんだ」ハッサンが続けます。「なぜならそれは、大いなる本性を感じる機会を与えてくれるからだよ。本性とは、わたしたちの真の姿のことだ。だからその本性が現われると、わたしたちは安堵《あんど》し、くつろぎ、自分が本来の場所にいるという深い帰属感を味わう。頭をハートに下ろして本性のなかで安らぐとき、君は真の実在のなかでくつろいでいるんだ」

「あなたといると、静寂のなかへ入りやすいように思えるんですが」

ジョルジョは言いました。

「どうしてなんでしょう、ハッサン？　あなたのいう本性は、ほかの人にも伝わるものなんですか？」

ハッサン・シュシュドはほほえみました。

「ある程度はね」彼は言います。「ジョルジョ、君ももう知っているように、わたしたちスーフィーは、本性をバラカと呼んでいる。存在と言ってもいいだろう。恩寵《おんちょう》か功徳によって、ほかの者よりも存在で満たされている人がいる。その存在は、彼らから波のようにまわりに広がっていく。そしてそれを敏感に感じる人たちに伝わって、彼らを育むんだ。そういう敏感な人たちは、存在で満たされた人の近くにいると、静けさを感じる。そしてこの存在を味わえば味わうほど、もっとそのなかでくつろぎたくなる。そのなかで安らげば安らぐほど、存在をまわりの人たちと分かち合うようになるんだ。何もしなくてもね」

「この種の存在は、愛のもう一つの名前だよ」シャイフは続けます。

「君の好きな詩の最後の一文をもう一度聞かせてくれるかな」

麦わらは身を震わせる
琥珀《こはく》を前にして。

ジョルジョは小声でつぶやきました。

「そう、その震えこそが、つながりなんだ」ハッサンが言います。

「麦わらが琥珀と一つになることはないし、琥珀が麦わらと一つになることもない。ではどうなるかというと、お互いがそばにいることで、それぞれがより自分らしくなるんだ。自分らしくなるということは、愛という存在を呼び覚ますことだよ。

愛は、震えのように見てわかるときもある。それは第三者的な存在だ。愛する者と愛される者、両者がともに感じるものだが、どちらにも属してはいない。愛は形のなかには閉じ込めておけないけれど、それを具体的に表わすには形が要る」

ハッサンがちょっと言葉を止めて、二人の座っている絨毯《じゅうたん》の複雑な模様に目をやります。彼はまた顔を上げると、ジョルジョを見て話を続けました。

「絵や、縦笛《ネイ》の音色や、詩の一行、木の葉、別のだれか、形はなんでもいい。わたしたちは何かに愛を感じると、ほかに何と言っていいかわからないから、前から知っているような気がするとつぶやく。言葉で言い表わせないほど懐かしさを覚える。大いなる本性が、別の大いなる本性を見て、前から知っていると感じるんだ。

それが、ルーミーがシャムスと出会ったときに起こったことだ。このような愛が人間どうしのあいだで生まれるとき、それは特別な贈りものだ。とても親密で個人的なものだが、同時に個人を完全に超越したものでもあるんだよ」

「その愛のことは、知っています」窓から遠くを見ながら、ジョルジョは言いました。

「でも僕が一番願っているのは、いつの日か日々の暮らしのなかでその愛を生きることなんです」

「命をかけても？」ハッサンはたずねました。

「自分の頭を切り落とし、その上に座れるかな？」

ジョルジョはいっぺんに現実の部屋のなかに引きもどされました。シャイフはたった今、アトスの隠修士、あのソフロニオと同じ言葉を使ったのです。ジョルジョは口をポカンとあけたまま、返事をしませんでした。

33

ダルヴィーシュたちといっしょにいないときには、ジョルジョはムハンマドの店で忙しく客の相手をしています。

ある日、ひとりの男が店に入ってきました。その仕草や癖から、イタリアからやって来たことが、ジョルジョにはすぐわかりました。そのイタリア人は、金色のかごに入った白いバタンインコを妻に買って帰ろうとしていました。

「女房は先にフィレンツェに帰ってるんだ」

男がジョルジョに話しかけてきます。

「僕は仕事で何週間もイスタンブールにいたんだけどね、明日帰るんだよ。ほこりっぽくてうるさいイスタンブールをあとにして、洗練された空気の我が街に戻れるかと思うと、うれしくてさ」

ジョルジョはイタリア語で、自分もフィレンツェに住んでいるが、もう何か月も離れている、と男に話しました。そしてふと思い出したように、まだコンヤへ行く途中で、イタリアに戻るのはそれからになるともつけ加えました。

フィレンツェではどんな仕事をしているのかと男が聞くので、ジョルジョは父親の話をし、自分がどうして同じ仕事をするようになったかを説明しました。

「すると、いったい何なんだい？　あの美しい街から君をこんなに遠くまで連れてきちまったのは…」会ったばかりの男はたずねます。

「必要なものはなんでもそろってるみたいだし、いい仕事だろ、あったかい我が家だろ？」

「愛なんです。愛が僕をここまで連れてきたんです」

ジョルジョは答えながら、見知らぬ男に素直に話している自分に驚きました。

「でも、何に対する愛なのか、だれに対する愛なのかは、まだわからないんですが」

「ああ、なるほどね、ほかに何があるっていうんだよなぁ？」

イタリア人は納得したように、にっこりしました。

「僕らイタリア人は、みんな同じ情熱に駆り立てられているのさ」

「いえ、違うんです。そういうのじゃないんです」ジョルジョは説明しようとします。

「僕はギリシャ人で、イタリア人じゃありません。それに僕のいう愛が、果たしてこの世のものかどうかもよくわからないし」

「この世のものじゃない愛なんて、あるもんか」イタリア人は笑いました。

「司祭だって知ってるぜ、そんなこと。僕らがここにいるのは、愛するためさ。ほかに理由なんてない」

ジョルジョは何も答えられません。フィレンツェの男は、バタンインコの入った金色のかごを持ち上げると、別れを口にして出てゆきました。

彼とのやりとりは、ジョルジョのなかの何かを動かしたようです。フィレンツェをまた思い、コンヤを思い、どういうわけでまだそこにたどりついていないのか、考えるようになりました。

34

少しでも暇ができると、ジョルジョはイスタンブールの旧市街に出かけます。初期ビザンチン様式の教会や、トプカプ宮殿裏手の石畳、市場《スーク》のはずれに広がる露天市場……。目の前をヨーロッパとアジア、両大陸の海岸線がすべるように通り過ぎていくのがただ見たくて、ボスポラス海峡を渡る連絡船にも何度も乗りました。

貴重な午後の休みを、アヤソフィアのモザイク画を見つめて過ごすこともあります。アヤソフィアは、聖なる知恵という意味で、元はギリシャ正教最大の大聖堂でしたが、オスマン帝国の皇帝《スルタン》メフメット二世によってモスクに改築された建物です。

一四五三年五月のある火曜日の夕方、皇帝《スルタン》は当時コンスタンチノープルとして知られていた、征服したばかりの都市に入りました。アヤソフィアにまっすぐ馬で乗りつけ、あまりの美しさに圧倒された彼は、その大聖堂をイスラム教のモスクに変えたのです。

イタリア人がムハンマドの店にやって来たその翌週、ジョルジョはハッサン・シュシュドといっしょにアヤソフィアに出かけ、それまで存在に気づかなかったモザイク画を案内してもらいました。中央の大聖堂のかたわらに立つ小さなドームのなかにあるものです。一羽の鳥が泉で水を飲み、それをもう一羽の鳥が見守っている場面の前で、二人の男はしばらくたたずんでいました。鳥たちは金色、背景は真っ青なビザンチン・ブルーです。

「この場面はスーフィーにとって、とても重要な意味をもっているんだ」

ハッサンが言いました。

ジョルジョはよくわからないという顔で、彼を見ます。

「初期のキリスト教徒がこれを作ったんだが」ハッサンが続けます。

「宗教が何であれ、神秘家にはその意味がわかる。これを見て、わたしたちの一部分である人格が、食べたり飲んだりといった日常の仕事をしている一方で、別の部分である魂が、どのようにすべてをずっと見守っているかわかるかい？　この二羽の鳥は、これで一対なんだ。

人格と魂のどちらか一方を選ばなくてもいい。両方とも必要だ。両方そろって初めて、わたしたちは人間になるんだから。もし人格しかなかったら、日々の暮らしは食欲やほかの欲望にふりまわされるだけになるだろう。逆に、魂しかなかったら、わたしたちは今ごろ天使とともにいるよ、この地上じゃなくてね」

「ほとんどの人間は、本能的な欲望にふけっているだけのように僕には思えるんですが」

ジョルジョが応じます。

「それは、もう一羽の鳥が眠りこんでいるということですか？」

「もう一羽は、呼び声を聞くまで眠っているんだ」ハッサンが言います。

「だからわたしたちは、呼び声に耳をすます必要があるんだよ。その声はいつも呼びかけているのに、一時も静かになれなくて気づかない人たちがいる。それから君もそのひとりだが、ジョルジョ、二番目の鳥が目覚めているときもあれば、眠っているときもあるという人たちがいる。名づけようのない何かへの憬《あこが》れにハートをこすり取られているのは、この人たちなんだ。何かが呼んでいる。でも、何に呼ばれているのか言葉にできないんだよ」

「二、三日前に店に来た男が、この世のものでない愛などない、と言ったのですが、これについてはどう思われますか、ハッサン？」

「その男は正しいよ、ジョルジョ。というのは、わたしたちが愛の存在に気づくのは、それがこの世のだれかや何か…たとえば、あの麦わらや琥珀《こはく》といったものに触れるときだけだからね。でも、その男は間違ってもいる。なぜなら、愛の源は星の彼方にあるからだよ。愛はその通り道にあるものをみな輝かせるのに、それがどこにあるかけっして指し示せないんだ。

一羽の鳥が見守っているあいだ、もう一羽には餌《えさ》をとらせよう、ジョルジョ。そうすれば扉が開いて、真夜中に思いがけず愛が舞い降りてくるかもしれない。そして君のハートを永遠に奪い去ってしまうかもしれないよ」

ハッサン・シュシュドは、ドームの外にある石のベンチに若者を連れていきました。

「君のなかで、旅への思いにまた火がついたように感じるんだが」

腰を下ろしながらハッサンが言います。

「イスタンブールに滞在したことで、道を歩む用意が整ったようだね。先へ進むべき時が来たんだ。時代は動いているよ、ジョルジョ、それにスーフィーの生き方も変わってきている。今は、見た目ではスーフィーとわからない者もいる。特別な服を身につけなかったり、伝統的な儀式に参加しなかったり、自分たちをスーフィーと呼ぶことさえしないスーフィーもいるんだ」

「彼らの道は、世俗のなかにより深く入りこんできている」ハッサンが続けます。

「世間から離れるのではなくてね。社会のあらゆる階層にそんなスーフィーがいるんだ。実業家だったり、主婦だったり、弁護士だったり……。そうして、みずからの仕事をこなしながら、自分のある部分で、この鳥のようにいつも静かに見守っている。これが君の行く道だ。その謎は君自身で解かなければならないよ、ジョルジョ」

「あなたのおかげで、両方の世界が静けさに包まれるほどの真理と美を見せていただきました」ジョルジョが答えます。

「頭のなかはかつてないほど穏やかで、日々の暮らしにもこれまでになく満ち足りています。でも、先に進まなければならない、と何かが僕に告げているんです。人生は、夢見たこともないほど神秘に満ちてきました」

「生というのはいつも神秘だよ、ジョルジョ」

ハッサンがつぶやくように言います。

「どこへ行こうとしているのか、自分でわかっていると思えば思うほど、わたしたちは自然な流れとつながりがもてなくなってしまう。君のために書かれた物語が君を呼んでいるんだ。耳をすましてよく聴きなさい。そしてよく見守るんだ、あの鳥のように」

ジョルジョは深くお辞儀をして、シャイフの手に口づけしました。

ハッサンはベンチから立ち上がりながら、一通の手紙をジョルジョに手渡します。

「これを、コンヤにいる女性のところに持っていくといい。住所は封筒に書いてある。彼女の名前はソフィア・サルムーン。彼女はわたしたちの教団の一員ではない。というより自分のもの以外、どこにも属していない。いつも風とともに動いているが、聞くところによると、今コンヤにいるらしい。彼女なら、君の旅についても君自身よりもよくわかることだろう。わたしの知っているだれよりも、彼女はあらゆることに通じている。しっかりとした覚悟がいるよ。何が起こるにしても、それは君が予想するようなものにはならないだろうから」

ハッサンはジョルジョの肩に手を置きました。

「最後に一つ知らせたいことがある。妻が身ごもったんだ」

彼はほほえんで、ジョルジョの両頰《ほお》に別れのキスをしました。

35

イスタンブールの友人たちのもとを去っていくのは悲しいことですが、ハッサンの言ったことは本当でした。先に進むべき時が来ると、星回りさえも変化を後押しするようです。ムハンマドの長男アリが、小鳥を買いつけに行っていたペルシャから戻ってきました。彼が帰ってきたので、ムハンマドの店も今までほどジョルジョの助けを必要としません。ジョルジョのほうでも、旅を続けるのに十分なお金はたまっていました。

ハッサンと話をした二日後のこと、ジョルジョは早朝のコンヤ行きバスに乗りこみました。いつもなら歩くのでしょうが、ついにコンヤへ行くのだと思うと、気持ちがはやって仕方がないのです。

バスは混んでいます。ジョルジョは後ろに座って、肩掛けかばんをしっかり腕に抱えました。イスタンブールの街並みがすべるように走り去っていきます。このまま乗っていけば、日没前にはとうとうコンヤでバスを降りるんだ、そう思うと不思議な気がします。

長く影ののびた湖、バラ色の空。住む人もいない大平原を越え、アナトリアのほこりっぽい荒野にバスは入っていきます。アナトリアはずっと昔、ビザンチウムのキリスト教徒が、高くそびえる石灰岩の岩を削るようにして家や教会を建てた地方です。一度、ほこりをおさえ、乗客の荒れた喉を癒すために、車掌がバラ香水をみんなにかけてまわりました。

やがて地平線の向こうに、コンヤの尖塔《ミナレット》がいくつも見えてきました。一日のなごりの日ざしを受けて、モスクの緑のドームがキラキラと光っています。

ジョルジョは目抜き通りに足を踏み入れ、はやる思いであたりを見渡しました。今まで立ち寄ったトルコのほかの街と一つも違うようには見えません。

長くのびたほこりっぽい通り、迷路のように曲がりくねった路地、客と押し問答しているカーペット売り。ムアッジンが祈りの時間を告げ、カフェでは男たちが水パイプに群がっています。

さすらい、人と出会い、冒険を続けてやっとたどり着いたこの場所。打ち消しようのない感情が、自分をコンヤへと連れてきたのです。しかしここに着いた今、何をするつもりなのでしょう?

なすべきことは一つしかありません。彼はカフェにいる男たちのひとりに、ジャラールッディーン・ルーミーの墓がどこにあるか教えてもらいました。とたんに心臓がまるで太鼓のように打ちだしたのがわかります。

ジョルジョは走って、少し歩き、また走って、聖人の眠る霊廟《れいびょう》へ続く道を下っていきます。途中で、真っ赤なバラを二本買い求めました。

とうとう中央に門のある高い白壁のところまでやってきました。ジョルジョがその門をくぐり、中庭に入ると、大きな大理石の噴水からわき出す水で、あたりはひんやりしていました。

霊廟の屋根は円錐形のドームで、緑色のタイルがキラキラ光っています。てっぺんには金色の三日月と星。そのそばには、ほっそりとした尖塔《ミナレット》が空に向かってまっすぐそびえ立っています。散歩しながら霊廟を出入りする人々や、噴水に手を入れて遊ぶ子どもたちもいて、あちらこちらの隅では家族が静かに集まっていました。

ジョルジョは大きな鉄の扉から建物のなかに入りました。目の前にあるのは、ルーミーのあとに続いた聖人たち――メヴレヴィー教団、旋回するダルヴィーシュのシャイフたちの墓です。

それぞれの墓の上には、シャイフ用の縦長の帽子が立ててありました。帽子は長く白い布で巻かれ、そのまわりには、全能なる神、哀れみ深き神、慈悲深き神などと、神の呼び名が記されています。

その静かな部屋のなかを歩いて一番奥にあるルーミーの墓の前まで来ると、ジョルジョはじっと動かなくなりました。ここに、あの言葉「この世のありとあらゆるものは、恋をし、恋人を探し求めている……」を書いたその人が眠っているのです。まさに今日まで何世紀にもわたって無数の人々の魂を揺り動かし、名づけようのない愛に自分のすべてをささげる道へといざなってきたその人です。

ジョルジョは持っていたバラを墓に供え、黙ってひざまずきました。たちまち深い安堵《あんど》感に満たされていきます。故郷に帰ったようにほっとするのです。けれどもその安らぎは、やがて甘く切ない悲しみへと変わっていきました。まるで、これまでの人生で流さずにいた涙が、一気にこみ上げてきたかのようです。

一時間あまりそこにいたでしょうか。何が、かはわかりませんが、ジョルジョのなかの何かがなくなってしまったようです。自分がとても小さくなってしまった気がするのに、ハートに開いた深い裂け目がありがたくて、感謝の念がフツフツわいてきます。

どういうわけか、この裂け目がほかのあらゆる人々、すべての苦悩する魂に彼をつないでくれるのです。ハートの奥から深い悲しみの波が優しく広がってゆき、ふたたび自分に打ち寄せるのを知って、なんと僕は幸せなのだろう、とジョルジョは感じていました。

36

次の日、ジョルジョはハッサンに渡された住所をたずねていきました。頑丈な木の扉をドンドン、大きな音をさせてしばらくたたいてみましたが、だれも出てきません。

その翌日も、そのまた翌日も同じでした。でも、ジョルジョはあきらめません。たとえ返事がなくても、毎朝、扉をたたいてから、ジャラールッディーン・ルーミーの霊廟《れいびょう》へ行きます。そして、ひきもきらず訪れる巡礼者にかまうことなく、一日中その墓前で静かに座っているのです。

ときどき、物心がついたばかりの頃の記憶が、ふっと浮かんできました。母との優しい時間、彼女がいない夜に一晩中泣き明かしたこと、見知らぬ外国で父と二人だけになったこと……。

自分のなかの静けさに気づいて、安らかな満ち足りた気持ちになることもよくあります。いつもは期待や心配にほとんど覆い隠されている静けさが、来る日も来る日もハミングのようにとぎれることなく、そこにあるのです。ルーミーの墓のそばに座っていると、人生や旅、そして愛について抱いていた疑問もみんな消えてゆきます。なぜ自分が今コンヤにいるのか、フィレンツェに戻ったらどう生きていくのかといったことも、もはや大した問題ではないように思えます。

そんなある日のこと、ジョルジョはいつものようにルーミーの霊廟に向かって歩いていました。でも今朝はどういうわけか、足がいつもの道を通りたがらないような感じです。立ち止まると、一羽のハトがパタパタ羽ばたいて、左のほうの道をスーッと飛んでいきます。ジョルジョは向きを変えて、そのあとをついていきました。

ハトは彼のすぐ前を飛んでいましたが、やがて丸屋根の上に降り立ちました。小さな石造りの建物で、扉が開いています。壁の表示を見ると、それはルーミーのハートに愛の門を大きく開けた、あのシャムスの霊廟でした。ジョルジョはなかへ足を踏み入れました。

霊廟は、ルーミーのものよりもずっと小さくてつつましく、訪れる巡礼者もそれほど多くありません。墓には、緑色の大ぶりの絹布と錦《にしき》がゆったりとかけられています。小さなダルヴィーシュの帽子が一方の端に置かれていて、天井からはオイルの入ったガラス製ボールが銀の鎖でつるされ、細い灯芯が燃えていました。

墓の前にだれかがひざまずいているようです。女性です。彼女は頭をスカーフで覆っているので、どんな顔か見えませんが、すぐにその存在の力強さにジョルジョは気づきました。

　後ろから近づいていくにつれ、彼女の体からまるで光線のように何か力が放射されているのがわかります。さまざまな思いは霧のごとくさあっと消え失せ、強力な磁場に引き寄せられるようにして、ジョルジョはおのずと彼女の横にひざまずいていました。

　静けさが頭のなかだけでなく、霊廟の隅々にまで広がっていきます。その静寂はあまりにも深く、ジョルジョの体中の筋肉が活動を止めてしまったかのようです。女性は彼のそばで身動き一つしません。

　やがて、彼女が口を開きました。

「わたしはあなたが探しているその人ではない」

　まるで井戸の底から聞こえてくるような声です。

「わたしではない。でも、わたしはその人と何ら変わらない。ついてきなさい」

「あなたはだれですか？」

　ジョルジョは畏怖の念に包まれていました。質問するのもやっとでしたが、女性は答えません。彼女は黙って立ち上がると、シャムスの墓に深くお辞儀をして、ゆっくりと外の通りに出てゆきました。ジョルジョもあわてて立ち上がり、すぐについてゆきます。

37

ジョルジョは女性のあとを急ぎ足で追いかけます。いくつもの通りを抜けてゆくと、今ではすっかりなじみになった一角で、彼女がようやく立ち止まりました。この数日間、毎朝たたきつづけてきたあの木の扉の前です。

女性は鍵を開けていっしょになかへ入るよう手招きしてから、急な階段を上って、ジョルジョを大きな部屋に通しました。壁はすべて古代のタペストリーで覆われています。彼女は背もたれのない長いソファーに座り、ジョルジョに横へ座るよう身ぶりで勧めました。

女性がスカーフを取ると、ジョルジョは思わず彼女の顔を食い入るように見つめました。とても信じられません。少し年をとっているものの、なんとその顔は、彼が描いたイコンと瓜《うり》二つだったのです。

長い髪は片側に寄せられ、イコンと同じ銀の留め金でまとめられていました。切れ長の黒い瞳が彼を見つめています。底の知れぬほど深く穏やかな瞳です。

「何度も何度も扉をたたいたんです」

ジョルジョは言葉を探しながら言いました。

「でも、だれも返事をしてくれませんでした」

「あなたの準備ができていなかったからよ」

女性が優しくほほえみます。

「あなたはだれですか？　僕の何をお望みですか？」

ジョルジョはそれだけを言うのがやっとでした。

「わたしは何も欲しくはありません」

女性が答えます。

「わたしは、あなたの目の前に掲げられた鏡にすぎないのよ、ジョルジョ。それがどういうことか知る準備ができたら、ここに戻ってらっしゃい。そのときには扉が開くでしょう。でも、今度戻ってきたとき、これだけは覚えておいて。どれほど時間がかかるかわからないけれど、ここにいるあいだは、すべてをわたしにゆだねなければならないって」

これまでの旅のことがジョルジョの脳裏に走馬灯のように浮かんできます。不思議なシンクロニシティや、いくつかの奇跡にさえ、彼の旅は助けられてきました。この部屋のソファーに座っていると、自分の人生が自分の手のなかにはないこと、そして今までもずっとそうだったことが、よりはっきりわかります。

こんな瞬間が訪れるなんて、ジョルジョは夢にも思っていませんでした。まるで、自分が経験してきたすべて、今まで授かってきた、目に見える助けや目に見えない助けのすべてが、まさにこの一瞬に集まったかのようです。あとはそれを信頼するしかありません。実在するとは知らずに描いてきたイメージの女性に、深い崇敬の念がわいてきます。

ついに、ジョルジョは言いました。

「準備なら、もうできました」

38

ソフィア・サルムーンは立ち上がって、水の入った銀のボールを持ってくると、ジョルジョの前に置きました。そしてバラ香水の小瓶をとり、二、三滴ボールのなかに落してから、部屋の隅にある白く細長いロウソクを灯しました。

「このロウソクは、わたしたちが次に会うときまでずっと燃えつづけるでしょう」

そう言いながら、彼女はふたたびジョルジョの横に腰かけました。

「もっとも深い闇のなかにいるときに、この炎を思い出すといいわ」

彼女は右手を銀のボールにつけ、バラの香りのする水をジョルジョの頭にふりかけます。

「今度は、あなたの手をボールのなかにつけるのよ。期待や不安がすべて洗い流されるように。聖母様の慈愛を全面的に信頼することね。忘れないで、ジョルジョ。何が起ころうと、あなたは聖母様に守られているのよ」

ソフィアはタオルをとってジョルジョの手をふき、その手を少しのあいだ自分の両手で包みこむようにしました。

女性のまなざしが自分の人生の忘れ去っていた領域にまで届くのを、ジョルジョは感じます。何ひとつ彼女には隠しておけないのだとよくわかります。

「ついてきなさい」ソフィアは言いました。

「かばんもいっしょに持ってきて」

彼女は正面玄関のほうへと階段を下りはじめましたが、一番下まで来るとそこで立ち止まりました。左側の厚いカーテンの後ろに、実はもう一つ扉があったのです。

ソフィア・サルムーンはカーテンを横に引いて鉄の扉を開け、階段を二、三段下りたところにある小さな部屋にジョルジョを案内しました。

窓はありません。部屋はがらんとしていて、ベッドと、水槽に水差し、あとは果物の入った大きな器が木のテーブルの中央に置いてあるだけです。ベッドわきの床には分厚いトルコ絨毯《じゅうたん》が敷かれていて、浴室に通じる小さなドアが壁についていました。

「ジョルジョ」

女性は名前をしっかりと呼びました。

「わたしが迎えにくるまでこの部屋にとどまるのよ。ハートでは、もう何も恐れなくていいことをあなたは知っている。必要なものはすべて与えられるはずよ。忘れないで、すべてうまくいくわ、ジョルジョ。きっとすべてうまくいくから」

そう言って彼女が扉を閉めると、部屋はまったくの暗闇になりました。

そしてそのときになって初めて、部屋には明かりが一つもないことにジョルジョは気づきました。部屋のなかは涼しいのに、汗が吹き出てきます。ベッドまで手探りで進み、腰を下ろしました。手のひらはじっとりとして、眉《まゆ》も汗で濡れています。

彼はアトスのディミトリ神父やイスタンブールのスーフィーたちが教えてくれた方法を思い出そうとしました。頭をハートに下ろすんだ、息をハートに下ろすんだ……。ジョルジョは自分に言い聞かせます。あたりをまさぐってかばんを探し、革ひもをほどくと、イコンをきつく胸に抱きしめました。

暗闇はどこまでも濃く、扉から一条の光さえ差しこんできません。テーブルと、浴室に通じるドアがどこにあるのか、位置もあやふやです。聖母像を胸にしっかり抱いたまま立ち上がり、空いている片手を前に伸ばして、部屋のなかをそろりそろり歩いてみます。

水槽につまずきました。水槽の底についている蛇口をひねって、水差しをいっぱいにし、ゴクゴクと飲み干します。それからまたゆっくりとベッドに戻りました。

ジョルジョは少しのあいだ静かに座っていました。何も音は聞こえません。空気を嗅いでみると、かすかにカビ臭いにおいがします。彼は鼻にしわを寄せました。イコンを横に置き、壁にもたれかかると、聞こえるのは自分の呼吸の音だけです。暗闇の感触を確かめようと、腕を体の前でいろいろ動かしてみます。

そのあとしばらく、ジョルジョは身動き一つせずにじっとしていましたが、そのうち眠くなりました。背を壁にもたれかけたままうとうとしていると、ハッと目が覚めて、一瞬まごつきました。自分がどこにいるのかわからなかったのです。

思い出したものの、朝なのか、夜なのか、それもわかりません。恐怖がどっと押し寄せてくるのを感じました。この先どれだけこの暗闇のなかにいるんだろう？　なぜ、どうして？

ジョルジョはイコンに手を伸ばしました。聖母の目のあたりに水のしずくができているのがわかります。すると、自分の息がハートにスッと下りるのを感じました。恐怖も消えていきます。彼は、自分がソフィア・サルムーンに何と言ったか思い出しました。今からどんなことが起ころうとも、準備はできていると言ったのです。

それは本当だ、と思いました。僕に残されているのは信頼することだけだ。ソフィアを、ここに導かれたプロセスを、そして今僕のまわりにあるこの暗闇を、ただ信頼しよう……。

39

最初のうち、ジョルジョはほとんど眠ってばかりいました。目覚めてもいつも真っ暗で、昼と夜の区別もつきません。いつのまにか時間の感覚がなくなっていました。

目覚めているときは、暗闇がビロードの毛布のように彼を包みこみます。さまざまな思いは闇に飲みこまれ、部屋を満たしている静けさに溶けていきます。思考の流れはゆるやかになり、ほとんど止まっていました。それでもときおり、急に激しい恐怖が稲妻のようにジョルジョを貫き、ビクッとすることもあります。

そんなときは褐色の聖母を胸に抱いて、ジョルジョは彼女の庇護を祈ります。その瞳に涙がたまりはじめるのを感じると、気持ちが落ち着いてきて、「すべてうまくいく」と思い出すのです。

暗闇が怖くなくなり、いくらか身近に思えるようになった頃、少しずつ何かが見えてきました。最初は、真っ黒な闇が灰色になったような感じ。やがて、小さな閃光が目の前で踊るようになりました。暗闇のなかに人生の一場面、一場面がパッと照らし出されるように浮かんできます。まるで映画のスクリーンのようです。

美術館でフレスコ画の「山上の垂訓」を見ている自分の姿……父親に絵を教えてもらっている場面……幼い自分が人けのない通りで、途方に暮れてひとり立ちつくしているところ……病気で寝ている母親と、その傍らで泣いている父親の姿……駅のプラットフォームで何百人もの人々が、なんとか列車に乗ろうと金切り声を上げて押し合いへし合いしている様子……。

おぼろげで、はかなく移りゆく無数の形も見ました。光でできた奇妙な生き物たちは、完全な姿になる前にふっと消えていきます。

初めはこうした幻影に驚きましたが、やがて慣れてくると、自分が幻影といっしょに自分自身を見守っていることにジョルジョは気がつきました。ちょうどアヤソフィアにあるモザイク画の鳥のようにです。

彼は「観照者」になって、自分の人生に起こったできごとだけでなく、それに対する自分の反応まで静かに見つめていました。自分のなかに、何が起こってもけっしてかき乱されることのない、安らかな部分を発見しはじめたのです。

自分自身の人生を見守る「観照者」として、ジョルジョは心のなかにある恐怖の根や、退屈、落ち着きのなさ、冷淡さの源を理解することができました。こうした気分やほかのあらゆる感情が、暗闇のなかで彼に押し寄せてきます。自分の頭がどのように過去の思い出や、未来への期待へ逃げこんでいくかも見てとれます。

ジョルジョは、心のなかで小さな渦がまるでスローモーションのように通り過ぎてゆくのを、目にするようになりました。自分の思考がどうやってより多くの思考を生んでいくのか――いかに無数の雑念が、ひっきりなしにお互いを追いかけまわしているかもわかります。

体も心もすべての動きが、深い海に潜ったダイバーのようにゆっくりとしたものになりました。しだいにジョルジョは、体の普通の感覚を失いはじめました。何も見えず、時間の目安もなく、どこに自分がいるのかも特定できません。手足はスポンジのように重さを感じなくなりました。変わっていないのは呼吸だけです。

最終的に、自分のなかに残っている唯一の感覚は、あらゆる期待や恐れの奥に岩盤のように横たわる静けさだけになりました。その静寂こそがジョルジョの隠れ家です。夢でも現《うつつ》でも、それは始まりも終わりもなく、いつもそこにありました。

一度だけ、その静寂のなかに亡くなった母親が訪れました。姿は見えませんでしたが、そばにいるのをはっきり感じとれます。あまりにもその感覚が生々しかったので、ジョルジョはその瞬間、死そのものが一つの偽りであることをいっぺんに理解したのでした。彼のハートは喜びでいっぱいになりました。母さんは大丈夫だった、今までもこれからもずっとそばにいてくれる、とわかったからです。

40

何日も何日も、ジョルジョはこの静けさのなかにいました。体の感覚もうすれ、頭に考えが浮かぶこともほとんどありません。

そんなある日、眠りに落ちそうになっていると、突然、ギラギラと目に狂気を漂わせ、ひとりの女性が暗闇のなかから飛び出してきました。両手に長い剣を握って振りまわし、狂ったように部屋のなかを踊りまわります。

その裸体は血のように赤く、髪はくねくねともつれ合う黒蛇。胴にはさらに二匹の蛇が絡みつき、稲妻みたいに毒牙をヒュッ、ヒュッと光らせています。人間の頭蓋骨をつなげた首飾りが、喉のまわりでカタカタ鳴っていました。二つの目は虹色に光り、額の真ん中にある第三の目は、血走って炎がまわりを縁どっています。

ジョルジョは凍りつき、一瞬、全身が恐怖で満たされるのを感じました。それから、その恐怖から少しだけ自分を離して、何が起こっているのか、畏怖しながらも見守ることができました。

恐ろしい姿の女性は、烈火のごとく怒って、ジョルジョの前で踊りつづけていましたが、突然、彼の首をめがけて剣を突き出すと、一振りしました。

その瞬間、ジョルジョはこれまでの人生全体が——イコン画家としての仕事、旅、ルーミーの詩への憬《あこが》れ、落ち着かぬ心、放浪、未知のものへの渇きなどのすべてが、自分から離れ落ちていくのを感じました。

自分の頭が首から切り落とされて床に落ち、踊り狂う女性のほうに転がっていくのを、ただ茫然と見守ります。女性はその髪をつかむと、ジョルジョの頭をぐるぐる空中でまわし、世にも恐ろしい笑い声を残して闇のなかへ消えていきました。

あとに残ったのは、彼女の第三の目です。それを縁どる炎の輪だけがひときわ輝きを増していきます。ジョルジョはじっとその目を見つめていました。するとそれは、ゆっくり広がって、揺らめくように光るひとりの女性のヴィジョンに変わってゆきました。

あの踊り狂う女性の恐ろしさと同じくらい美しい女性が、晴れやかなほほえみを浮かべ、暗闇を光で満たす優しげな青い目で、彼をじっと見つめています。金色の髪が肩にやわらかくかかり、その肌はなめらかで若さにあふれ、乳白色をしています。彼女の顔は真っ白な帆立貝の貝殻におさまっていました。

やがて、女性の顔はしだいに炎の輪に戻ってゆき、その輪もまもなく闇に飲みこまれてしまいました。

41

どれほど独りで暗闇のなかにいることになろうと、ジョルジョはもう気にならなくなりました。今では、闇と光はどちらが現われても、同じ静寂のなかへ戻っていくことを知っているからです。

ものごとの自然な流れのなかでは、自分の素質や才能と同じように、短所にもふさわしい役割があることがわかって、ジョルジョは欠点ごと自分を受け容れられるようになりました。あるがままの自分でいいのです。この世にも来世にも、恐れるものは何もありません。自分の本性を損なうものなど、けっしてやって来ないのですから。

その静寂のなかに突然、ごく細い一筋の日の光が差しこんできました。ジョルジョは思わず目を手で覆って、どこからその光が来るのか、指のすきまから確かめようとしました。どうやら、部屋の扉に小さな穴があいているようです。

「動いてはだめ」ソフィア・サルムーンの声です。

「光に目をだんだん慣らせるのよ」

しばらく経つと、ソフィアはほんのちょっとだけ扉を開けました。それから徐々に、少しずつ扉を開けていきます。

ようやく、向こうの廊下に立つ彼女の姿をすっかり見ることができるようになったとき、ジョルジョを驚嘆させたのは、そこに見えたものではありません。光がある、という事実そのものです。

まったく信じがたい、驚くべき事実――生まれてからずっと当り前だと感じていたものが、今は奇跡のように思えます。あらゆるものが、ソフィアの姿さえも、光そのものでした。光が踊って脈打っているのです。

何度もまばたきをしたり、目をこすったりしながら、ジョルジョは彼女のほうによろよろと近づき、その足もとにひざまずきました。

「ありがとうございます」

彼はささやくように言いました。長いあいだ喉を使わなかったせいか、かすれ声です。

「感謝しています。あなたのおかげで、目では見えなかったものを見ることができました。頭ではけっしてわからなかったことを知ることができました」

42

「いらっしゃい」と言って、ソフィアは階段を上りはじめました。ジョルジョはそのあとをおぼつかない足どりでついていきます。

彼女の横に初めて座った、ソファーのある部屋に入ると、ソフィアは濃いスープとコップ一杯のお茶を出してくれました。彼が黙々と食べるのを見守っています。

食事を終えたあと、ジョルジョはじっと考えこんでいるかのように、しばらくそこに座っていました。それからソフィア・サルムーンを見上げ、かばんのなかに手を伸ばすと、褐色の聖母のイコンを注意深く引き出しました。

「これをさしあげたいのです」

イコンを両手でさし出しながら、ジョルジョが言います。

「あなたが持っているべきものです」

彼女は身をかがめて、イコンを受けとりました。

「ありがとう」

褐色の聖母を見つめるソフィアが言います。

「でも、わたしが持ち主になるわけじゃないわ。わたしのほうが聖母様に守られている身なんだから」

二人はしばらくのあいだ、黙ってソファーに座っていました。庭から鳥たちのさえずりが聞こえてきます。

「何も質問はないし、言うべきこともありません」

やがてジョルジョは言いました。

「そうね、探求者は去ってしまった」

ソフィアがうなずきます。

「あなたは自分自身を我が家に迎え入れたのよ。でも、祝宴はまだこれから。それを楽しむには、あなた本来の場所に戻らなければいけないわ」

ソフィア・サルムーンはそれ以上は何も言わず、少ししてからジョルジョの手をそっととりました。彼はかがみこんで彼女の手に口づけし、階段を下りて、にぎやかな通りへと出ていきました。

43

ジョルジョはすぐ次のバスに乗りこみ、イスタンブールへ戻りました。そしてそこからイタリア行きの船へ。荒波と強風に揺られて五日、彼はふたたびブリンディジの港にやって来ました。ブリンディジからほこりっぽい道をもう一度バスに乗って行くと、トスカーナの太陽にきらめく大聖堂《ドゥオモ》の赤い屋根がようやく見えてきました。

サンタトリニタ橋を渡って、サンタクローチェ教会へ。ダンテ像の前で、無事に帰ってきた感謝をこめて頭《こうべ》をもう一度垂れます。サンマルコ広場へ向かい、丸石を敷き詰めた通りに沿って歩いていくと、いよいよ我が家です。

父親のステファノが玄関のそばでツルバラに水をやっているようです。はき古したコーデュロイのズボンに、新しい絵具があちこち飛んでいます。イコンをたった今まで描いていたのでしょう。

少しのあいだ、二人の男はただ道の真ん中で立ちつくしていました。それから大声で叫びながら、お互いの体を腕のなかにしっかりと抱きしめました。二人ともうれし涙で頬《ほお》を濡らしています。

その晩、彼らはアンドロスの家を訪ね、ジョルジョが旅の物語を余すところなく二人に伝え終わった頃には、夜もすっかりふけていました。

ジョルジョの感じている深い充足感がアンドロスにも伝わってきます。それは、彼自身でさえ比較的最近になって知るようになったものでした。ジョルジョは一人前の男になった。話を聞きながらアンドロスは思いました。もう何かに駆り立てられることはないだろう。彼自身が「御者」になったのだから……。

ジョルジョはフィレンツェのリズムに、まわりのだれもが驚くほどすぐになじんでいきました。イコン画家の仕事も再開しました。この仕事はやはり気持ちが落ち着きます。

暇ができると、美術館や教会にまた足を向けるようになりましたが、それはただそこに美そのものがあるからでした。ときには、サンティッシマ・アンヌンツィアータ広場にある「カフェ・ベルゲリ」のテラスに座って一時間ばかり過ごすこともあります。カプチーノをすすりながら、人の行き交うさまを眺め、「無垢児《むくご》の柱廊《コロネード》」の優美なアーチやフィレンツェ女性の美しさに見とれるのです。

44

　戻って数週間経った頃でした。ジョルジョは、フィレンツェ最大のウフィツィ美術館にあるボッティチェリの傑作「ヴィーナスの誕生」の前に立っていました。大勢の観光客を避けるため、開館と同時になかに入ったのです。

　ジョルジョはこの絵が大好きでした。安い複製画は世界中に出まわっていますが、オリジナルのもつ迫力と美しさにはいつも驚嘆させられます。彼は、美の神秘をみごとに表わすボッティチェリのやり方がとても好きでした。ひとりの女性の姿になり、ヴィーナスが帆立貝の貝殻に入って海から生まれ出る――ボッティチェリは、官能的な愛の女神と聖母マリアの神聖な優しさを一つにしたのです。

　ジョルジョは絵に近づき、輝くような色合いの妙に感嘆して見入っていました。微妙に変化する海の緑と空の青、女神の体を包むためにさし出されたマントの深紅、風に舞うバラの花びらのほのかなピンク……。

名画に夢中になっていたジョルジョは、若い女性が美術館に入ってきて、自分の後ろに立ったのにも気づきませんでした。この女性フローラもまた、「ヴィーナスの誕生」を見にきたのです。美術の勉強のためフィレンツェにやって来て二年あまり。この絵を見るのはもう何度目でしょうか。

彼女がしばらく絵を見ていると、目の前にいた青年がその場を立ち去ろうとしてふり向きました。二人の目が合います。フローラはその瞬間、自分の人生が納まるべきところに納まったのを感じました。

わたしはこの若者を知っている。ずっと前から知っている……。今、青年の前にこうして立っているのは、不思議なほど自然で、なんだか当り前のようにすら思えます。彼女の顔が大きくほころんで一面の笑顔になりました。

ジョルジョは立ち去ろうとしてふり返ったとき、だれかがいるのに気づいて、ふと目をやりました。背の高い外国の女性が背筋をすっと伸ばして立っています。目が合うと、二人ともにっこり笑いました。どちらも黙ったまま言葉はありません。

女性の均整のとれた体と大きく見開かれた瞳には、長くみごとな髪がふんわりとかかっています。一心に彼を見つめるまなざしからは、まるで親しい友人を迎えるような、まっすぐで率直なぬくもりが伝わってきます。

ジョルジョは、そのぬくもりが体中に流れこんでくるのを感じました。懐かしい我が家に帰ったような、言葉では言いつくせない感情です。君はだれ？　声には出さず頭のなかでそう思ったとたん、女性がほほえんだまま口を開きました。

「まだ、わたしがわからない？」ささやくような声です。

フローラの話し方は、素朴な確信のようなものをにじませていました。彼女が話すイタリア語の母音には、アメリカ人独特の鼻にかかる音が混じっています。

フローラは今までずっと、インディアナ州で過ごした子どもの頃でさえ、目に見えない愛に自分が包まれているのを知っていました。彼女はこの親密な存在を感じ、ひとりのときはいつもそれと語り合ってきました。

目に見えない愛は、自分だけの慰めであり、喜びであり、これまでずっと彼女を十分満たしてくれる存在でした。しかし、自分の目が青年の目と合った瞬間に、前から知っている愛が形になって現われたことに気づいたのです。

ジョルジョは口をあんぐりと開けたまま、体全体を紅潮させています。彼女の言葉が消えたあとでさえ、その問いは頭のなかでこだましていましたが、突然答えがわかりました。

あの真っ暗な部屋で見たヴィジョンに現われた顔だ……。

優しさに輝く目、率直で屈託のない明るい笑顔、まったく同じです。深い暗闇から飛び出すように現われたその女性が、今目の前にいて花柄の長いスカート、裾《すそ》をウエストで結んだ白いブラウス姿で、輝くように笑いかけているのです。しかも二人は、帆立貝の貝殻に入った女性の絵のそばで出会ったのでした！

彼女は、文字どおり夢そのものの女性でした。彼女に気づいた最初のショックで、ジョルジョは、ハートの秘密の門がパッと開いたのを感じました。その門が開くと、人は別のだれかを丸ごと愛せるようになり、そうした一つの深い愛を通して、生きとし生けるものすべてに対する分け隔てのない愛を知るのです。

彼女の前に立ったまま、自分の運命のはたらきに畏敬の念を抱きながら、ジョルジョの内なる本性が、何に対してかはわからないけれど、今頭《こうべ》を垂れ、すべてをゆだねようとしていました。

その朝、フィレンツェのウフィツィ美術館で、ジョルジョはついにルーミーの教えの核心、その秘密を見つけたのです。――この世にあるのは愛だけであり、恩寵《おんちょう》により一つの愛がわたしたちを我が家へと連れ帰ります。キリストであれシャムスであれ、だれかもっとも愛しい人を愛するとき、あるいはたとえ花一輪でも心の底から愛するとき、体中の細胞はみなその愛に運び去られ、あとには何も残りません。無になり空《くう》になったそのとき、地上と天上は一つになるのです。

そのようなわけで、ジョルジョの名づけようのない愛への信頼と、フローラの目に見えない愛への信頼が、ボッティチェリが描いたヴィーナスのまなざしの下で二人を引き合わせました。

結婚してからも長いあいだ、折にふれてジョルジョは思ったものですが、不思議なのは、彼らの物語がそもそも最初からすべて書き上げられていたかのようだったということです。

そしてもちろん、たぶんそうだったのでしょう。

訳者あとがき

本書の原題 Chasing Rumi にあるルーミーとは、その詩が欧米で次々と翻訳されている十三世紀のスーフィー（イスラム教の神秘家）、ジェラールッディーン・ルーミーのことです。この詩人の名前を私が初めて目にしたのは、たしか去年の春先だったと思います。友人から届いたメールに、命の踊りといったものを歌ったルーミーの詩の一節があったのでした。読んだ瞬間、心の奥をぐいとつかまれたような、揺さぶられたような感じがしたのを覚えています。

そのときはそれ以上どうするでもなく、そのままにしていたのですが、ルーミーという名前だけは、頭から離れることはありませんでした。たまたま別の友人を通して本書の原著に出会ったのは、それから三月とたたない頃です。何よりルーミーの名前がそこにあります。そして手にしたとたん、大好きな『アルケミスト』に雰囲気が似ていると直感、すると案の定、裏表紙に『アルケミスト』を思わせる…とありました。

読みはじめたら、あとは止まりません。ルーミーの不思議な言葉に突き動かされる主人公ジョルジョといっしょに、私も心の旅に出ました。まるで一瞬にして本の魔法にかかってしまったかのように――。

子どもの頃、床につくと、漠然とながら宇宙を思うことがよくありました。特に寝つけないとき、真っ暗な空間にたくさんの星とともにぽっかり浮かんでいる自分を想像しました。どこまでも続くその無限大の広がりに、わくわくすると同時に、気が遠くなるような怖さを感じたものです。

でも最近感じることが多いのは、ある意味では、心の宇宙のほうがさらに果てしなく、奥深いかもしれないということです。そこには光も闇もあり、ときには自分でも手がつけられないほど暴れだす鬼もいます。苦しくてやりきれなくなることも……。けれど、そんなときでも、もし自分の心のどこかに、森の奥にあるしんとした湖のような場所があると気づきさえすれば、もっと楽に呼吸ができるようになるかもしれないと思うのです。それは、母の子宮のように安らかな、どこか懐かしい場所です。

なぜこんなことをお話したかというと、物語のなかで、スーフィーのハッサン・シュシユドがさり気なく語る、二羽の鳥のたとえ話が印象的だったからです。「一羽の鳥が見守っているあいだ、もう一羽には餌《えさ》をとらせよう」というものですが、静と動、自分のなかにある穏やかなものと激しいもの、不動のものと移ろうもの、聖なるものと日常的なものなど、いろいろなとらえ方ができそうです。

また、これも小さなエピソードなのですが、ハッサンの妻がスーフィーの伝統を受け継ぐ子を授かるには、キリスト教の聖母の涙で祝福されることが必要だった、というくだりがあります。私にとって本書の魅力は、さきほどの二羽の鳥のたとえと併せて、まさにここに集約されているような気がします。つまり、多宗教・多文化共生とでもいうべきもの。宗教・文化の境界、枠を越えたスピリチュアリティーを描いているところです。

心の乾き、内なる声に導かれて、ギリシャ人の若いイコン画家ジョルジョは、ギリシャ正教、スーフィズム、聖母信仰といった多様な宗教的風土をもつ土地を旅していきますが、もともと高くはなかった心のなかの垣根は、いろいろな出会いを重ねるにつれ、ますます低くなっていきます。そして生きとし生けるすべての命、あらゆる文化の核心にある根源的なもの、大いなる愛に触れていくのです。

著者のロジャー・フーズデンは英国のバース生まれで、現在はアメリカのニューヨーク州ウッドストック在住。Sacred America（聖なるアメリカ）、そしてベストセラーになった

Ten Poems to Change Your Life（人生を変える十の詩）をはじめとする「十の詩」シリーズなどで知られています。本書の核ともなっているルーミーや、カビールといった詩人の紡ぎだす言葉に触発されて以来、精力的に詩の朗読会も続けているようです。

　またフーズデンは、シナイ山の麓《ふもと》の聖カタリナ修道院、サハラ砂漠、悠久の大地インドを流れる聖なる河ガンジス、そして本書の主人公ジョルジョも目指すトルコのコンヤなど、これまで世界中の聖地と呼ばれる場所をいくつも旅しています。彼が現代の巡礼者とも呼ばれるゆえんです。聖地を巡る旅は「自分自身の、そして自分をとりまく世界のずっと奥深くにある真実に私たちの目を開かせ、敏感にしてくれる」というフーズデン。本書には、そうした彼自身の旅の記憶がまさに色濃く反映されています。

『愛の旅人』は、言葉の響きというものに人一倍敏感であるにちがいないフーズデンの初めての小説であり、前述の『アルケミスト』や『星の王子さま』をも思い出させる魅惑的な物語です。初めての出会いからもう幾度となく読み返していますが、ページを繰るごとに、小さな宝石のような言葉が心の弦を震わせ、いつも私のなかで共鳴しはじめます。余韻が波紋のように広がっていくのがわかります。その響きがこの本を手にとってくださった方々に少しでも伝わって、ジョルジョといっしょに、心の奥深くへ下りてゆく旅をしていただけたなら、訳者としてこんなにうれしいことはありません。

最後に、本書の翻訳に際して、情熱とインスピレーション、温かい励ましを常に与えてくださった編集部の丸森真一さん、そしてここまで私を導いてくれた数々の縁に深く感謝したいと思います。

二〇〇三年九月

サマーヴィル大屋 幸子

CHASING RUMI
A Fable about Finding the Heart's True Desire
by Roger Housden

〈訳者紹介〉
サマーヴィル大屋 幸子（おおや ゆきこ）
山口県生まれ。津田塾大学英文学科卒業。日本航空福岡支店に勤務した後、短期間の高校教師経験を経て、翻訳家として現在に至る。京都市在住。縁あって約7年間に渡り、奈良県宇陀郡の古い山寺に住まう機会を得て、便利さを追求しない暮らし方・自然との共生・いのちの巡りといったことをより意識するようになる。
主な訳書に、『ユネスコが目指す教育』（共訳、田研出版）、『フェア・トレード――未来を紡ぐ人びと』（フェアトレードカンパニー／グローバル・ヴィレッジ）などがある。

愛《あい》の旅人《たびびと》――詩人ルーミーに魅《み》せられて

2003年10月10日　初版発行

著　者　ロジャー・フーズデン
訳　者　サマーヴィル大屋 幸子
発行者　増　田　正　雄
発行所　株式会社　地《ち》　湧《ゆう》　社
東京都千代田区神田東松下町12-1（〒101-0042）
電話番号・03-3258-1251　郵便振替・00120-5-36341
装　幀　小島トシノブ
印　刷　モリモト印刷
製　本　小高製本

万一乱丁または落丁の場合は、お手数ですが小社までお送りください。
送料小社負担にて、お取り替えいたします。
ISBN4-88503-175-3 C0098